DU MÊME AUTEUR

Aux Éditions Gallimard

INYENZI OU LES CAFARDS, collection Continents Noirs, 2006, « Folio » n° 5709

LA FEMME AUX PIEDS NUS, collection Continents Noirs, 2008, prix Seligmann 2008 de la Chancellerie des Universités de Paris, « Folio » n° 5382

L'IGUIFOU, NOUVELLES RWANDAISES, collection Continents Noirs, 2010, prix Renaissance de la nouvelle 2011, Bruxelles, prix Bourdarie 2011 de l'Académie des Sciences d'Outre-Mer

NOTRE-DAME DU NIL, collection Continents Noirs, 2012, prix Renaudot 2012, « Folio » n° 5708

CONTINENTS NOIRS

Collection dirigée par Jean-Noël Schifano

Les littératures dérivent de noirs continents.

Manfred Müller

SCHOLASTIQUE MUKASONGA

Ce que murmurent les collines

Nouvelles rwandaises

CONTINENTS NOIRS *nrf* GALLIMARD

La rivière Rukarara

« La Maritza, c'est ma rivière... », a chanté Sylvie Vartan. Moi qui n'oserai pas chanter, je me contenterai de murmurer : « La Rukarara, c'est ma rivière... » Oui, je suis bien née au bord de la Rukarara, mais je n'en ai aucun souvenir, les souvenirs que j'en ai sont ceux de ma mère et de son inconsolable nostalgie.

La Rukarara, c'est donc ma rivière, même si elle n'a jamais coulé que dans mon imagination et dans mes rêves. Je n'avais que quelques mois quand ma famille a quitté ses rives. Mon père avait été muté à Magi à la suite du sous-chef dont il était le secrétaire-comptable. Magi, c'est au sommet d'une haute crête qui domine abruptement une autre rivière, l'Akanyaru. Au-delà de l'Akanyaru, c'est le Burundi. Il n'était pas question de descendre jusqu'à la rivière. Maman interdisait à tous ses enfants, même aux garçons intrépides, de dévaler le versant de peur de nous voir rouler jusqu'au bas de la pente où nous attendaient, tapis dans les papyrus, crocodiles et hippopotames, les uns pour nous dévorer, les autres pour nous écraser, sans compter, ajoutait-elle, les bandits venus du Burundi qui se cachaient dans les marais de la berge et guettaient les enfants imprudents pour les enlever dans leurs pirogues et les vendre, à Ngozi, à Bujumbura, aux Sénégalais qui faisaient commerce de sang humain. L'Akanyaru restait pour moi, et pour mes frères et sœurs, un fleuve inaccessible que l'on apercevait tout en bas, comme un long serpent se glissant entre les papyrus et qui interdisait l'accès au monde inconnu qui devait s'étendre au-delà de l'horizon, au-delà du Burundi, un monde où sans doute coulaient d'autres rivières, d'autres fleuves que je me promettais de découvrir un jour quand je serais grande.

Quand ma famille, comme tant d'autres Tutsi, fut déportée au Bugesera, à Nyamata, le convoi de camions qui transportaient les « réfugiés de l'intérieur » dut traverser le pont de fer qui franchissait la Nyabarongo. Mais ni le fracas ni les cahots des véhicules sur le tablier métallique ne purent me réveiller d'entre les bras de ma mère. Gitagata, le village de regroupement qui nous fut assigné, était loin de la Nyabarongo. J'allais avec les autres filles chercher de l'eau au lac Cyohoha ou, pour des occasions solennelles, à la source de Rwakibirizi dont le flot abondant et intarissable semblait jaillir par la grâce d'un improbable miracle au milieu de ce pays de sécheresse qu'est le Bugesera. Les déplacés ne parlaient de la Nyabarongo qu'en la maudissant. Avec ses eaux rougies de terre tel un mauvais présage, elle était comme le mur liquide de notre prison et le pont de fer, quand j'eus à le franchir pour aller au lycée de Kigali ou en revenir, le lieu de toutes les humiliations et de toutes les violences qu'exerçaient les militaires du poste de garde. Au lycée, j'ai appris que, pour les Grecs, il fallait pour aller en enfer traverser un fleuve noir et glacé qui s'appelait le Styx ; moi, j'en connaissais un autre qui y menait aussi : la Nyabarongo.

Dans notre exil de Nyamata, ma mère parlait sans cesse de la Rukarara comme d'une rivière de légende. Quand une de mes petites sœurs, les deux dernières, celles qui étaient nées à Nyamata, tombait malade, Stefania se lamentait : « Les pauvres petites, elles n'auront jamais de santé, elles n'auront jamais de chance, je ne les ai pas lavées dans l'eau de la Rukarara. » Nous autres les aînés qui étions nés au bord de la Rukarara, et j'en faisais partie de justesse, nous étions prémunis contre bien des maladies, contre la plupart des mauvais sorts qu'on ne manquerait pas de nous jeter et contre tous les poisons dont les jaloux assaisonneraient notre nourriture et peut-être même, espérait-elle, échapperions-nous ainsi à quelques-uns de ces malheurs inévitables qui tissent la trame de toute vie. Pour elle, le baptême le plus efficace, ce n'était pas celui que nous avions reçu des bons pères mais celui qu'elle nous avait administré en lavant nos corps nouveau-nés avec l'eau combien plus bénéfique de la Rukarara.

Selon Stefania, la Rukarara prodiguait sur ses rives richesse et abondance. Son eau dont on remplissait les abreuvoirs avait toujours protégé les vaches des épidémies de peste qui décimaient régulièrement les troupeaux du Rwanda. Elle comparait avec désolation les champs faméliques du Bugesera ruinés par la sécheresse à la fertilité sans pareille des champs qu'irriguait la Rukarara. Sans doute, si ma mère avait pu lire la Bible que possédait mon père, aurait-elle ajouté le nom de la Rukarara à celui des quatre fleuves issus, selon le Livre saint, du fleuve primordial qui prend sa source au jardin d'Éden.

Il est vrai que la Rukarara devait receler bien des mystères. La rivière en effet naissait au cœur de la forêt vierge, la grande forêt de Nyungwe à l'orée de laquelle était bâti notre enclos. Nyungwe, c'était le domaine des singes. Ma mère défendait âprement nos champs contre leurs razzias incessantes. « Inutile, disait-elle, de se battre contre eux, ils sont les plus forts, mais ils ont aussi leurs sages. » Stefania prétendait avoir négocié avec leur chef le tribut qu'ils prélevaient sur nos récoltes et qu'il fallait, de bon ou de mauvais gré, leur céder. Elle veillait à ce que le pacte soit respecté mais, aux abreuvoirs, les singes passaient toujours avant les vaches. Le soir, à la veillée, à l'heure des contes, Stefania nous révélait que le roi des singes tenait sa cour à la source de la Rukarara. Les singes en éloignaient tous les autres animaux qui auraient eu l'audace de s'y abreuver et eux-mêmes en respectaient la pureté en se contentant d'y tremper des feuilles qu'ils léchaient ensuite pour se désaltérer.

En 1963, les membres de ma famille restés dans la vallée de la Rukarara furent presque tous massacrés. Les survivants rapportèrent à ma mère que la rivière était rouge de sang, elle charriait des cadavres. Je décidai que, désormais, la Rukarara ne coulerait plus que dans les contes de Stefania, elle resterait quoi qu'il arrive ma rivière enchantée.

*

« Je suis née au bord de la Rukarara. » Dans les mauvais jours de l'exil, il m'arrivait de me répéter cette phrase comme pour être sûre que j'étais bien née quelque part. Le nom de la rivière m'était une identité plus assurée que celle qu'on avait portée sur le titre de voyage qu'avait fini par me délivrer à Bujumbura le Haut Commissariat aux réfugiés. Que n'avais-je pas enduré pourtant pour obtenir ce fameux document qui, assuraient mes compagnes d'exil, me donnerait la possibilité de voyager et même peut-être de m'établir là où il me plairait.

Avant l'aube, la foule des réfugiés assiégeait, jusqu'à remplir la rue, la vieille villa coloniale où étaient installés les bureaux du HCR. Les uns, surtout les femmes, les bébés en pleurs dans le dos, attendaient le sac de riz attribué aux familles, d'autres se prévalaient de l'octroi d'une hypothétique machine à coudre grâce à laquelle ils s'établiraient tailleurs dans un des quartiers de Bujumbura, l'OCAF, Kamenge..., soulevant la haine farouche des tailleurs burundais déjà en place. La plupart venaient chercher une mystérieuse attestation leur permettant d'obtenir d'autres attestations qui aboutiraient, si toutes les conditions requises étaient remplies et les documents dûment rassemblés au bout d'innombrables démarches, à la délivrance d'un permis de séjour par les autorités du Burundi et, pour les intellectuels et les étudiants, d'un titre de voyage qui, espéraient-ils, leur ouvrirait les portes du Sénégal ou de la Côte d'Ivoire ou, mieux encore, de la Belgique, voire de la France ou de l'Allemagne et, pourquoi pas, celles des États-Unis et du Canada, surtout du Canada, oui, du Canada...

Les gardiens des bureaux du HCR maintenaient un ordre aléatoire, laissant passer ceux qui, à force de cris, d'injures et de bourrades, parvenaient jusqu'à la grille et interdisant l'entrée à d'autres qui avaient sagement piétiné à leur rang une journée entière. Parfois un homme sortait portant une machine à coudre sur la tête : on applaudissait; les éconduits se répandaient en litanie d'imprécations visant les plus hautes instances internationales qu'ils accusaient d'une évidente partialité et de complots, toujours le même complot qui les poursuivait sans relâche... Des petits garçons vendaient pour deux francs une poignée de cacahouètes enveloppées dans un cornet de papier journal puis, quand le soleil asséchait les gorges, des glaçons de Fanta orange allongé de beaucoup d'eau de la rivière Mutanga qui servait d'égout à Bujumbura.

J'avais atteint le fameux portail dix minutes avant la fermeture des bureaux. Un gardien haussa les épaules et me laissa entrer. Derrière le guichet grillagé, l'employé du HCR, sans doute un Sénégalais ou un Malien, ne leva pas la tête pour me poser les questions rituelles du formulaire :

« Nom de famille ? »

Je répondis Mukasonga bien sûr, même si ce n'était pas vraiment un nom de famille puisqu'il n'y en a pas au Rwanda. C'est votre père qui vous donne votre nom. Pas plus.

« Muka quoi ?

J'épelai :

— M-U-K-A-S-O-N-G-A.

— Prénom ?

— Scholastique. »

Il leva légèrement la tête :

« C'est un prénom ça ?

— Oui, S-C-H-O, après c'est comme élastique.

— Bon, je mets élastique. Née où ? »

Excédée de fatigue et d'humiliations, je m'entendis répondre :

« Au bord de la rivière Rukarara. »

Le fonctionnaire, cette fois, recula sur sa chaise et me dévisagea longuement, se demandant sans doute s'il avait affaire à une Pygmée tout juste sortie de sa forêt ou à une de ces Tutsi arrogantes qui se moquaient de lui.

« C'est où, ta Rukamachin ?

— Entre Gikongoro et Cyangugu.

— Bon, je mets Cyangugu, je connais, j'y suis allé, c'est à côté de Bukavu. »

L'interrogatoire continua jusqu'à l'heure exacte de la fermeture des bureaux et se conclut brusquement par :

« Reviens dans deux semaines, dans un mois. Avec des photos... »

J'obtins finalement ce titre de voyage délivré par le HCR. C'était un certificat d'apatride : il m'interdisait de revenir au Rwanda et me fermait la plupart des autres pays dont les ambassades, au vu du papier marqué du sceau d'infamie de réfugiée, me refuseraient, et cela allait de soi, leur visa.

Dans ma désespérance, je fermais les yeux et je me retrouvais sur le rivage imaginé de la Rukarara.

Comment aurais-je pu oublier la Rukarara ? N'était-elle pas comme inscrite dans ma chair ? Je n'avais qu'à plonger ma main dans la broussaille épaisse de mes cheveux et, me tâtant le crâne, suivre le long sillon d'une cicatrice. Cette cicatrice, je la devais en quelque sorte à la Rukarara. Lorsque, le dimanche après-midi, Stefania procédait à l'épouillage de ses filles, elle ne pouvait s'empêcher de détailler une nouvelle fois les circonstances de la marque indélébile. L'un de ses doigts suivait d'abord lentement le bourrelet de peau qu'avait laissé la blessure puis elle faisait le récit de l'accident.

J'avais, disait-elle, et elle se le reprochait encore, un instant échappé à sa surveillance. « Tu n'as jamais tenu en place, soupirait Stefania, même avant que tu saches marcher ! » Je m'étais donc aventurée à quatre pattes dans le champ au bord de la rivière. Mon grand frère Antoine creu-

.. une rigole pour amener l'eau qui irriguerait les patates douces. Il ne m'avait évidemment ni vue ni entendue venir et, au moment où il croyait arracher une motte de terre, il planta sa houe sur mon crâne. Mon frère, pris de panique, courut vers la maison en criant mon nom et croisa ma mère qui, tout aussi affolée, courait à ma recherche. « J'ai vu ton crâne ouvert, me disait-elle, et ce n'était pas du sang qui en sortait mais une mousse blanche, ton cerveau, ton cerveau qui s'échappait ! » Stefania se félicitait des soins qu'elle m'avait prodigués : elle avait lavé la blessure avec l'eau de la Rukarara, puis avait rempli la plaie béante de la terre prise dans le lit de la rivière; plus tard, sans doute pour favoriser la cicatrisation, elle était allée au milieu du courant, là où la rivière est la plus profonde, pour recueillir une poignée de terre noire dont elle m'avait enduit la tête du front jusqu'à la nuque. Je devais rester ainsi pendant quelques jours. Tous les matins, elle observait la blessure avec appréhension et, un beau matin, elle constata que toute la terre noire avait été avalée et la blessure définitivement cicatrisée. « C'est ce qui t'a sauvée, jubilait-elle, l'eau et la terre de la Rukarara t'ont sauvée mais c'est peut-être à cause de cela que tu as toujours quelque chose à dire, que tu ne tiens pas en place, comme la Rukarara, ma fille, tu iras loin. La houe d'Antoine a peut-être inversé le cours de tes pensées ! »

Je me demande parfois si c'est la houe d'Antoine, l'eau de la Rukarara et la terre tirée de son lit enfouies dans mon cerveau qui ont aussi fait de moi une écrivaine.

*

Longtemps la Rukarara resta pour moi la rivière qui bordait l'enclos et les champs de la famille. Ce qu'elle devenait au-delà ne m'intéressait pas. C'est en écrivant mon roman *Notre-Dame du Nil*, dans lequel j'imaginais un lycée de jeunes filles que je perchais très haut sur la crête Congo-Nil, mieux nommée Ikibira, et que je situais au plus près d'une présumée source du Nil, que je me rendis compte que ma petite rivière pouvait avoir quelque rapport avec le grand fleuve.

Comme je le fais faire à Veronica, l'un des personnages de mon livre, j'essayai de suivre sur la carte la mince ligne bleue qui figurait la Rukarara. Ce n'était pas facile de la démêler des autres cours d'eau qui descendaient de la crête. La Rukarara, elle, sortait tout droit de la forêt de Nyungwe, filait vers le sud, bifurquait capricieusement vers l'est en recevant la Mushishito, remontait vers le nord-est pour se mêler finalement à la rivière Mwogo et devenir ainsi la Nyabarongo qui enserrait le cœur du Rwanda dans sa courbe majestueuse (la Nyabarongo que les rois portant le nom de Yuhi ne pouvaient franchir), laquelle, se joignant à l'Akanyaru, prenait le nom d'Akagera qui, augmentée de la Ruvubu burundaise, finissait par se jeter dans le lac Victoria d'où s'échappait le fleuve enfin appelé Nil.

Ma chère Rukarara, au bout de tant de métamorphoses, devenait donc le Nil ! Elle était même sacrée comme « la source la plus lointaine du plus grand fleuve du monde », ainsi que je le découvrais sur Internet. J'y apprenais en effet qu'une équipe d'« explorateurs », un Britannique et deux Néo-Zélandais, avait entrepris de remonter le Nil jusqu'à sa source sur de petits canots pneumatiques. L'expédition était partie de Rosette, près d'Alexandrie, le 20 septembre 2005, et devait atteindre la source en une dizaine de jours. Au Burundi, au Rwanda ? ce n'était pas encore décidé.

Malheureusement, l'un de ses membres fut tué et les deux autres blessés en Ouganda lors d'un accrochage avec les rebelles de l'Armée de résistance du Seigneur. L'expédition fut interrompue et ne reprit qu'en mars 2006. Les « explorateurs » remontèrent la Rukarara et, à pied, le ruisseau n'ayant plus assez de profondeur pour les canots, ils s'arrêtèrent devant un filet d'eau jaillissant d'un trou vaseux à une altitude de 2428 mètres. Cette minuscule source de la Rukarara fut proclamée « source la plus lointaine du Nil ». Le Nil, dont la longueur était jusque-là estimée à 6611 kilomètres passait à 6718 : grâce à ma Rukarara, il s'allongeait de 107 kilomètres !

Sans contester la valeur de l'exploit des « explorateurs » (mais il me semble bien anachronique de parler d'explorateur au XXIe siècle), la source de la Rukarara avait été reconnue comme source probable du Nil bien avant eux. À la mi-août 1898 (le jour n'est pas précisé), Richard Kandt était parvenu lui aussi à la source de la Rukarara et la déclarait source du Nil. Ainsi l'affirmait-il dans la lettre XXVI de son livre *Caput Nili*[1].

Je ne suis pas historienne et il ne m'appartient pas d'écrire une biographie de Richard Kandt, fascinant personnage, lui-même fasciné par le Rwanda et ses habitants. D'autres plus savants que moi s'y emploieront, je l'espère...

Quelques notes glanées au hasard de mes lectures, comme un bouquet de fleurs jeté dans la Rukarara en sa mémoire...

Richard Kantorowicz est né le 17 décembre 1867 à Posen en Prusse, à présent Poznań en Pologne, dans une famille de commerçants juifs. Il commence des études de médecine qu'il n'achèvera pas. On lui décernera pourtant le titre de docteur. Pour mieux s'intégrer, il se convertit au protestantisme, luthérien je suppose, et prend le nom de Kandt : le voilà Doktor Richard Kandt. À Berlin en 1896, il étudie l'anthropologie, l'ethnologie et la géographie. Il rêve de devenir explorateur et, pour cela, apprend le swahili. Est-ce une légende? Ce serait en contemplant, au musée du Vatican, une statue représentant le Nil, sans doute en vieillard barbu, qu'il se serait décidé, après tant d'autres, à partir à la recherche des sources du grand fleuve. Félix von Luschan, alors assistant au Musée ethnologique de Berlin et mémorable inventeur de l'échelle des couleurs de la peau humaine (cela va de l'échelon n° 1 pour la peau la plus blanche au n° 36 pour la peau la plus noire[2]), lui parle du Rwanda. Il cherche en vain des sponsors pour financer son expédition et se résout à partir à ses frais comptant sur son héritage.

La lettre I de *Caput Nili* expose clairement les buts de son expédition solitaire : Oscar Baumann, l'explorateur autrichien, avait soutenu que la Ruvubu qui vient du sud du Burundi avait toutes chances d'être la source du Nil; lui, Richard Kandt, parie sur la Nyabarongo :

> Mon programme est donc tracé. Je dois, venant du Sud et arrivé à la Ruvubu, remonter le fleuve jusqu'à son embouchure, remonter la Kagera jusqu'au confluent de la Kanyaru et de la Nyabarongo et alors seulement rechercher la source du cours d'eau dont le débit est le plus abondant. Et cela pourrait être non pas la Ruvubu mais la Nyabarongo. (*Caput Nili*, Lettre I.)

En mars 1897, Richard Kandt débarque à Dar es Salam. Le temps d'obtenir les autorisations nécessaires, de rassembler la caravane — cent quarante porteurs, trois guides, trois boys, sept askaris (des soldats africains) — et le voilà en route pour l'intérieur. Il séjourne plusieurs mois à Tabora où il achète une maison. Le 29 mars 1898, départ pour le Rwanda. Il décide tout d'abord de rendre visite au roi Yuhi Musinga qui tient sa cour à Mukingo près de Gitarama, au centre du Rwanda. Le pays densément peuplé, ses habitants, les Tutsi surtout, l'impressionnent. Leur physique, leur attitude corroborent le portrait qu'en a dressé le premier Européen à pénétrer au Rwanda, le comte von Goetzen, et que Kandt résume ainsi : « Une caste d'origine sémite ou hamite, dont les ancêtres venus des contrées méridionales de l'Abyssinie avaient soumis tout le territoire entre les lacs... dont la stature géante de deux mètres lui a rappelé le monde des contes et des légendes (*Caput Nili,* Lettre XXIII). » Kandt évidemment adhère au mythe anthropologique qui s'est créé autour des Tutsi avant même qu'explorateurs et missionnaires ne les rencontrent. Une rumeur de légendes qui s'attachera à eux comme la tunique de Nessus.

À mesure qu'il se rapproche de la capitale, Kandt croise de plus en plus de caravanes qui portent à la Cour les tributs en vivres et en produits de toutes sortes. Le 16 mai 1898, il parvient à Mukingo, là où est établie la résidence royale.

Kandt décrit en un paragraphe à la poésie un peu recherchée la convergence de cette foule de tributaires vers les enclos royaux :

> Image étrange : les centaines de silhouettes noires, avec leurs lances scintillant dans le soleil, les couleurs vives des tissus multicolores et quelques litières couvertes de nattes jaunâtres, de longues caravanes avec des pots et des paniers — tout

comme des ruisseaux coulant vers un lac —, lignes claires de sentiers innombrables et entrecroisés sur les crêtes et les pentes vert jaunâtre, passant entre les cases et les cours, entre les champs de millet mûr et les plantations de bananiers, pataugeant à travers des marécages couverts de roseaux et des ruisseaux paresseux, se réunissant en des groupes toujours plus nombreux, pour finalement se poser comme un gros serpent géant multicolore autour de la clôture extérieure de la Résidence. (*Caput Nili*, Lettre XXIII.)

Après quelques tergiversations de la part des notables de la Cour, Kandt est admis dans la résidence royale en audience auprès du mwami. À sa stupéfaction, alors que, selon les renseignements qu'il a pu recueillir, Yuhi Musinga doit être âgé d'environ seize ans, on lui présente, écrit-il :

un homme d'environ quarante ans, aux yeux ensommeillés et mi-clos et à la peau cuivrée d'Indien. Et pourtant, il portait l'attribut du roi : un bandeau d'environ vingt centimètres de large fait de perles blanches, d'où se détachaient six lignes en zigzag de perles roses. Du bord supérieur de cette étrange coiffure pendaient sur la nuque de grosses touffes de longs poils de singe blancs et soyeux. Du bord inférieur descendaient environ quinze tresses artistiquement mêlées de perles blanches et rouges qui couvraient une large partie du visage jusqu'à la lèvre supérieure. Il était vêtu d'un pagne court finement tanné qui couvrait ses fesses et qui, devant, était deux fois replié au niveau du sexe, le cuir contre sa peau, et replié au bord supérieur, où il était cousu à une parure de rangs de petites perles assemblés par centaines. Du bord inférieur de la peau pendaient une vingtaine de lanières tressées en peau de serpent... plusieurs rangées de perles étaient nouées autour de sa taille et sur son corps pendaient dix à quinze anneaux tressés dont chacun portait trois perles blanches. Autour du cou, il portait une chaîne faite de perles assemblées en minces tuyaux… Sur sa poitrine, toute une quantité d'amulettes, la plupart comme de petits flacons et enveloppées dans des étuis tressés couverts de perles bicolores disposées en zigzag. Aux bras, il portait cent cinquante à deux cents bracelets en cuivre ou en laiton dont la plupart portaient une grosse perle bleue ou de petits grelots forgés dans les mêmes métaux. Environ cent anneaux en fil de fer entouraient aussi ses chevilles, ce qui lui donnait la lourde démarche précédemment décrite. (*Caput Nili*, Lettre XXIII.)

La conversation, par le truchement de la femme du cuisinier de Kandt, s'engage avec un dignitaire. Le roi n'y prend pas part, se contentant de temps à autre de hocher la tête. Kandt demande des vivres pour sa troupe. On les lui promet. Au bout d'un quart d'heure, lassé du peu d'intérêt marqué par ses interlocuteurs, Kandt se retire et rejoint son campement au grand soulagement de sa caravane. Plus tard, quand Kandt aura gagné la confiance de Musinga, on lui révélera que le pseudo-mwami était Mpamarugamba, un puissant ritualiste du culte de Ryangombe, le maître des Esprits, capable de contrer les forces néfastes que devaient apporter avec eux les mystérieux visiteurs blancs et de protéger ainsi la personne du roi que sa jeunesse rendait vulnérable.

Les Rwandais tardent quelque peu à fournir les vivres demandés. Mais, devant l'impatience du Blanc, la Cour finit par s'exécuter et Kandt peut prendre enfin la direction du but qu'il s'est fixé : la source du Nil.

Il traverse d'abord une région très peuplée, couverte de bananeraies. Les arbres sont rares, seuls se dressent quelques grands ficus solitaires, qu'il appelle « figuiers », « voués, note-t-il, au souvenir d'un chef de tribu décédé ». Au bout de « quatorze jours de marche agréable », il parvient au confluent des deux rivières qui vont donner naissance à la Nyabarongo : la Mwogo et la Rukarara. Les deux cours d'eau ont des aspects bien différents :

> Comme un vieillard fatigué et tremblotant, la Mwogo vient du sud en serpentant à travers les marécages... tandis que la Rukarara saute par-dessus les pierres et les souches tel un flot déchaîné, frais et clair comme la jeunesse. (*Caput Nili,* Lettre XXVI.)

Le débit de la Rukarara, constate Kandt, est de loin plus important que celui de la Mwogo. C'est donc le cours de la Rukarara qu'il faut remonter pour atteindre la source qui pourra être proclamée source du Nil. Ce choix imposé n'enchante guère Kandt car la source de cette rivière est réputée se trouver au sein « d'une effroyable jungle inaccessible ». L'expédition n'en continue pas moins suivant au plus près qu'elle le peut le cours de plus en plus encaissé de la rivière. Les habitations jusque-là si denses se font de plus en plus rares et, au cinquième jour, elles disparaissent complètement quand l'expédition pénètre « dans l'obscurité de la forêt vierge ». Le froid le surprend et encore plus les membres de sa caravane : le boy affolé réveille Kandt pour lui montrer son seau d'eau recouvert « d'une couche de glace épaisse de deux centimètres » ; le matin, le givre blanchit les herbes et les arbres, et, les nuits suivantes, Kandt quitte sa tente pour dormir entre deux grands feux où on a installé son lit.

C'est à la mi-août que Kandt atteint enfin son but :

> À cet endroit, la Rukarara n'était plus qu'un ruisselet large de trente centimètres, sortant d'une gorge sans issue, enfoui dans une végétation luxuriante. J'y pénétrai le lendemain avec un indigène et quelques-uns de mes hommes. Ce fut très difficile. Il nous fallut presque une heure pour parcourir cinq cents mètres.

> Mais avec des haches et des machettes, nous parvînmes à nous frayer un chemin, nous enfonçant dans le marécage jusqu'à la taille, progressant à quatre pattes dans l'eau glacée, gravissant péniblement la gorge ; au bout de plusieurs heures d'efforts éreintants, épuisés, trempés, couverts de boue de la tête aux pieds, nous atteignîmes une petite cuvette au fond du défilé d'où la source sourd de terre, non pas bouillonnante, mais goutte à goutte : CAPUT NILI. (*Caput Nili,* Lettre XXVI.)

En fait, si j'en crois la carte touristique que j'ai sous les yeux, la source que venait de découvrir Kandt n'était pas celle de la Rukarara mais celle d'un de ses petits affluents. La carte l'indique comme Source de Kandt et, un peu plus au nord, la source véritable de la Rukarara est étoilée comme *Source du Nil.

Je laisse le docteur Richard Kandt à son destin, lui qui fut avant les missionnaires le seul Européen habitant au Rwanda, botaniste, cartographe, résident officieux pour les autorités allemandes puis, en 1907, Résident impérial officiel, soutien du pouvoir de Musinga, fondateur de Kigali où l'on peut visiter sa maison restaurée devenue Musée botanique, en congé en Allemagne à la déclaration de guerre, mobilisé, gazé sur le front de l'Est, décédé à l'hôpital militaire de Nuremberg le 29 avril 1918...

Je préfère imaginer Richard Kandt à son campement : la nuit est tombée ; les chants, les rires, les cris des porteurs épuisés par une longue journée de marche s'apaisent peu à peu ; il a pris le bain que lui a préparé son boy, a mangé distraitement le filet de cette antilope qu'il a tuée la veille, il essaie comme chaque soir de lire une page de Nietzsche qu'il admire tant, mais ses pensées le ramènent sans cesse, brouillant la parole de Zarathoustra, à ces rencontres troublantes qu'il ne cesse de faire depuis qu'il est entré au Rwanda. Quels sont ces gens dont « l'attitude discrète, réservée, sérieuse, même blasée » contraste avec l'accueil exubérant et débridé qu'il a reçu jusque-là ? Et pourquoi ces jeunes dandys de la Cour méprisent-ils les étoffes de soie chamarrées, « les longs manteaux arabes, les courtes vestes multicolores parées de riches fils d'argent » et même les uniformes rouges de hussards prussiens qu'il leur offre et leur préfèrent-ils « des étoffes aux sombres motifs discrets et si possible unicolores » ? Sont-ils ces barbares dont se moquent les gens de la caravane de Kandt, qui ignorent la valeur des précieuses étoffes de soie et optent pour de simples cotonnades, ou ressemblent-ils à cet aristocrate auquel Kandt décrivait « une magnifique parure parisienne » et qui lui répondait que le bijou était sans doute très beau mais « pour une femme de banquier » ! (*Caput Nili,* Lettre XXIII.)

Et découvrant la résidence royale du haut d'une colline, pourquoi avoir éprouvé l'émotion du pèlerin qui a longuement et péniblement cheminé vers sa cité sainte ?

> Enfin nous avons gravi la dernière colline et de son sommet nous voyons la résidence du souverain sur la crête opposée. C'est un vaste complexe de huttes rondes avec un enchevêtrement de clôtures tressées serré qui entourent de grandes cours. Les poteaux des clôtures sont des ficus qui ont pris racine et qui donnent à l'ensemble, avec leurs larges couronnes de feuillage, une couleur agréable. Des cases de toutes sortes forment un vaste cercle sur les crêtes et les pentes des collines, les plus grandes pour les nobles, les plus petites pour les vassaux... Mais l'œil revient toujours à la résidence elle-même,

qui provoque une impression étrange et qui réveille en moi des images connues venant de souvenirs imprécis, sans que je puisse savoir à quelle période du passé je dois les rattacher. Je fouille ma mémoire pendant une brève halte dont la caravane a besoin pour se regrouper ; je me creuse la tête et ne me sens pas bien à l'aise avec les visages qui me viennent à l'esprit comme sortant d'un long sommeil, d'un coin enfoui de mon cerveau...

Et enfin je suis envahi de ce sentiment qui, plusieurs fois, pendant ce voyage s'est imposé à moi à la vue de scènes particulièrement étranges ; le sentiment sombre et oppressant d'avoir déjà vu et ressenti tout cela dans une autre vie oubliée. (*Caput Nili*, Lettre XXIII.)

Et quand il parvient enfin dans l'enclos royal, c'est dans un château fort médiéval qu'il pénètre :

Et l'imagination se remet à fonctionner et redonne une nouvelle vie, dans cet endroit reculé d'Afrique, aux fanions des chevaliers et des pages comme surgis d'estampes ou de livres disparus.

Mais ces « souvenirs imprécis, ce sentiment sombre et oppressant de déjà-vu » qu'éprouve — et réprouve car il est bien sûr persuadé de sa supériorité de Blanc et de plus de citoyen de l'Empire allemand — Richard Kandt à l'égard de ces « géants Watutsi » ne sont que le miroir déformant à travers lequel les Européens ne cesseront de percevoir le Rwanda et ses habitants. Le plus grand malheur qui soit arrivé aux Rwandais, c'est d'habiter aux sources du Nil, là où, depuis l'Antiquité, s'était déposé le mythe d'une contrée originelle, d'un paradis perdu et inaccessible. Chercher les sources du Nil, *Caput Nili quaerere,* était, paraît-il, chez les Romains une expression qui signifiait « chercher l'impossible ». Le Rwanda fut la dernière tache blanche sur la carte d'une Afrique que les explorateurs livraient à la colonisation. L'ultime *terra incognita* recelait peut-être encore les dernières merveilles, les derniers Mystères d'un continent que partout ailleurs profanait la banalité sordide d'un quotidien colonial. Aux sources du Nil, on allait, à défaut de les trouver, inventer des êtres tout juste sortis de la Fable, une race quasi primordiale qui réenchanterait l'Afrique avilie par des activités industrielles et mercantiles. Et les Tutsi, si grands, aux traits si fins, à l'allure si imposante, étaient justement là pour tenir le rôle... Là où il n'y avait que des Rwandais, on vit des Égyptiens issus en droite ligne des pharaons, des Éthiopiens descendants de la reine de Saba, des juifs égarés des dix tribus perdues d'Israël, des chrétiens coptes dont il suffirait de rafraîchir la mémoire...

Alors le docteur Richard Kandt, naguère Kantorowicz, juif et de surcroît intellectuel et explorateur solitaire, et pour toutes ces raisons en butte au mépris sournois des militaires et des missionnaires[3], était-il à deux doigts de reconnaître en ces Tutsi fascinants et inquiétants de lointains frères égarés et pourtant si proches... et sous les huttes de Mukingo, on ne sait quel fantôme de Jérusalem ?

*

Je constate avec soulagement et une pointe de déception que la Rukarara est aujourd'hui rentrée dans le rang des rivières ordinaires. On y a construit une centrale hydroélectrique qui ne semble pas donner toutes les satisfactions attendues mais les riverains peuvent quand même espérer un jour jouir des bienfaits de l'électricité : l'écolier apprendre ses leçons à la clarté d'un tube de néon, le jeune intellectuel recharger son portable et le riche et ses amis passer leurs soirées en dégustant des brochettes et de la bière servies par une jeune et charmante Rwandaise, devant un poste de télévision.

La source du Nil elle-même est à portée de touristes. Un tour-opérateur en donne l'itinéraire d'accès. On part de l'usine de thé de Gisovu mais il est préférable de téléphoner vingt-quatre heures avant pour retenir un guide. Il est recommandé de monter à Gisovu à partir de Kibuye au bord du lac Kivu plutôt que de Gikongoro. De Gisovu, un sentier vous mène en moins d'une heure jusqu'à la source (la bonne, pas celle de Kandt) en moins d'une heure. La marche, assure-t-on, n'offre aucune difficulté.

Je prépare ma valise. J'ai acheté des chaussures de randonnée. Cette fois, c'est décidé : l'an prochain, au bord de la Rukarara, *Caput Nili* !

NOTES À L'ATTENTION DU LECTEUR CURIEUX

1. Il est bien dommage pour les Rwandais et pour tous ceux qui s'intéressent au Rwanda et, comme moi, ignorent l'allemand que ce livre – *Caput Nili, eine empfindsame Reise zu den Quellen des Nils*, Dietrich Reimer Verlag, Berlin, 1904 – n'ait pas été jusqu'à ce jour traduit et publié en français. Seuls quelques extraits ont été donnés par Bernard Lugan dans la revue *Études rwandaises*, volume XIV, octobre 1980, de l'Université nationale du Rwanda. Je remercie mon ami Henri Moncomble, professeur d'allemand, qui a traduit pour moi les lettres I, XXIII et XXVI de *Caput Nili* dont sont extraits les passages cités dans la nouvelle.

2. L'échelle de couleurs inventée par Félix Ritter von Luschan se compose de trente-six carreaux de verre opaque auxquels est comparée la peau du sujet à un endroit le moins exposé possible au soleil.

On compte d'après l'échelle trente-six nuances de couleur de peau qu'on peut regrouper en six types :

I	1 à 5	Très clair, type celtique
II	6 à 10	Clair, européen
III	11 à 15	Européen foncé
IV	16 à 21	Méditerranéen
V	21 à 28	Brun
VI	29 à 36	Noir

3. Dans la biographie qu'il consacre à Mgr Classe, *Un audacieux pacifique* (collection Lavigerie, Grands Lacs, Namur, 1948), le père A. Van Overschelde, pour dresser le portrait de Kandt,

trempe sa plume dans la plus belle encre antisémite : « Richard Kandt était un juif, très intelligent, poète à ses heures, petit, chétif, couleur d'olive. Le fiel qui lui valait ce teint ne lui courait pas que sous la peau : il était méchant. Sa stature et peut-être aussi ses habitudes ancestrales ne l'inclinaient pas à agir en face. Il excellait à démolir dans l'ombre par petits coups qui rappellent le félin (p. 70). »

Le bois de la croix

Souviens-toi, la première fois que nous avons fait l'amour et que je me suis trouvée nue devant toi, tu n'as pu t'empêcher de rire en voyant le cordonnet qui entourait mes hanches et le petit bout de bois qui y pendait.

« Viviane, dis-moi, qu'est-ce que c'est que ce gri-gri ? Toi, l'étudiante, la sociologue, tu crois aux amulettes comme les vieilles sorcières de ton village en Afrique ! »

J'ai eu l'impression que, pour la première fois, tu te rendais compte que la fille avec laquelle tu allais faire l'amour était noire et que tu retrouvais soudain grâce à cette pendeloque qui oscillait contre mon ventre la condescendance amusée avec laquelle les Européens de bonne volonté traitent les Africains.

Je ne t'ai pas répondu et tu as insisté :

« Explique-moi, qu'est-ce que c'est que ce machin ? C'est pour te protéger ? Tu crois que ça va remplacer la pilule ? »

Je t'ai embrassé sur la bouche pour te faire taire et nous avons fait l'amour. Notre liaison a duré quelques semaines, quelques mois peut-être, nous nous sommes séparés, je ne sais plus où tu es, je n'attends pas de tes nouvelles mais c'est quand même un peu pour toi que je veux écrire l'histoire de ce que tu as appelé, en te moquant, mon gri-gri, une histoire que tu ne liras sans doute pas.

*

« Écoute, Viviane, ma fille, écoute bien mon conseil, me répétait papa, si tu veux être reçue à l'examen national, et je compte bien, ainsi que toute la famille, que tu le seras, bien sûr, il faut avoir de bonnes notes en français, en arithmétique, en géographie, en tout ce qu'on apprend à l'école, même en gymnastique et, si tu veux, même en dessin, mais, pour parler de choses sérieuses, le plus important, là où tu dois être la meilleure, meilleure que toutes les autres, c'est en catéchisme. Tu es tutsi, tu n'as pas beaucoup de chances d'avoir l'examen et d'aller à l'école secondaire, mais si tu sais bien ton catéchisme, si tu le sais par cœur, il y aura peut-être un père qui dira : "Cette fille-là, laissez-la passer, elle est pour nous, on l'enverra au noviciat des Benebikira", ou même ils décideront que tu peux faire de grandes études car il leur faut de bonnes catholiques et même un peu de Tutsi pour que les chrétiens d'Amérique leur donnent leur argent. Regarde Anselme, le fils du voisin, il est au petit séminaire, quand il était encore là et que sa mère avait préparé une cruche de bière que je partageais avec Butoyi, j'entendais Anselme qui récitait à haute voix son catéchisme en faisant le tour de la cour et son père se réjouissait : "Tu vois Anselme, il fait tout ce qu'il faut pour plaire au père Damiano, comme ça, il aura son examen national." Et c'est bien ce qui est arrivé. »

Le catéchisme, on pouvait dire que ça commençait dès que nous entrions en classe. Après la prière, le maître disait : « Surtout pas de bavardages, je ne veux pas de bavardages, ma baguette ne les supporte pas, si elle en entend, elle se fâche, et si vous croyez en profiter quand je tourne le dos pour écrire au tableau, alors, c'est Dieu qui vous surveille. Dieu est comme moi, il ne supporte pas les bavardages, c'est un péché, les bavards iront en enfer ! Regardez l'œil de Dieu que j'ai accroché au-dessus du tableau, c'est lui qui vous surveille. »

Mais le vrai catéchisme, ce n'était pas le maître qui nous l'enseignait. Le vrai catéchisme, c'était pendant les après-midi où il n'y avait pas classe. On allait dans une sorte de grand hangar collé à l'église de la mission. Pas tous à la fois. Les uns allaient écouter la leçon de catéchisme dans le grand hangar, les autres allaient à l'église pour la confession. Quand la leçon de catéchisme était finie, on allait à l'église pour se confesser et ceux qui s'étaient confessés entraient dans le hangar pour le catéchisme.

Esteria donnait la leçon de catéchisme. C'était une vieille fille qui ne s'était jamais mariée, elle n'avait pas d'enfants, elle aurait dû être une sœur mais ce n'était pas une sœur, on n'a jamais su pourquoi. Elle voulait qu'on l'appelle comme une monitrice : « Mademoiselle », mais on l'appelait toujours Esteria. Les leçons, elles, étaient en kinyarwanda. Ce qui nous étonnait aussi chez elle, du moins les filles, c'était sa jupe plissée, grise, toujours la même. On était fascinées par les plis qui s'ouvraient et se refermaient comme l'accordéon de Gaspard, le protestant qui accompagnait les chansons des militants du parti le jour de la fête nationale.

La leçon de catéchisme d'Esteria consistait à nous montrer de grandes images qu'elle accrochait au mur en appelant à son aide les plus grands des garçons. Esteria expliquait du bout de sa longue baguette flexible la signification de la scène et dévoilait l'identité des personnages représentés. Ces images, c'étaient à peu près les seules que nous pouvions voir à Gashora et elles occupaient longtemps nos imaginations et nos rêves.

Il y avait d'abord Adam et sa femme Eva debout au pied d'un petit arbre. Ils étaient presque tout nus ; leurs cheveux, surtout ceux d'Eva, et des guirlandes de feuilles cachaient ce que l'on ne doit pas montrer. Eva donnait à son mari une mangue comme il en pousse en Europe. Esteria l'appelait en français « une pomme, vous entendez, une pomme ! ». La pomme, on ne devait pas en manger : Dieu l'avait interdit. Ça, on comprenait : nos parents, autrefois, ne mangeaient pas d'œufs, pas de poulets, pas de moutons, pour eux aussi, c'était interdit. Esteria, qui était bien renseignée, nous montrait, caché dans le feuillage de l'arbre, le serpent qui avait sifflé à Eva de manger la mangue et d'en faire goûter à son mari. C'était de la gourmandise. Chez les Rwandais, il n'y a pas de plus grande honte et nous étions tous d'accord pour dire que manger la mangue qu'on ne devait pas manger, c'était certainement un gros péché.

Le carton suivant était plus difficile à comprendre. Il représentait une grande pirogue avec, au-dessus, une maison comme les Blancs. Un vieillard barbu — presque tous les hommes des images d'Esteria étaient barbus comme les missionnaires — faisait monter dans la grande pirogue toute une file d'animaux : un éléphant, une girafe, un lion, un zèbre, une hyène, un hippopotame, un porc-épic... Esteria nous expliquait que le dieu des Blancs était en colère contre les hommes qui avaient commis trop de péchés. Il allait les noyer tous en envoyant une saison des pluies qui n'en finirait plus. Quelques garçons hardis demandaient si, au lieu de sauver des animaux dangereux comme le buffle, le léopard ou les serpents, Mungu n'aurait pas pu épargner quelques humains. Esteria était catégorique : tous les hommes étaient méchants, il n'y avait que Noé et sa famille qui étaient bons. Nous approuvions le jugement sans appel d'Esteria ne voulant pas les contrarier, elle et sa baguette qui passaient déjà à l'image suivante.

Celle-ci montrait un homme, encore plus barbu que les autres, qui descendait d'une montagne qui crachait le feu comme le volcan Nyiragongo. Il semblait furieux. Il avait sur son front deux grosses bosses et brandissait au-dessus de sa tête deux espèces d'ardoises ou de pancartes où étaient inscrits des numéros. Esteria nous expliquait que c'était Moïse qui avait reçu l'ardoise des dix commandements au sommet de la montagne en feu mais que, pendant ce temps-là, sa tribu s'était mise à adorer une vache en or qu'on apercevait toute petite au pied de la montagne, derrière les plis du grand manteau de Moïse. L'histoire de la vache en or nous laissait perplexes et personne ne posait de questions.

L'heure avançait, les images succédaient aux images à un rythme de plus en plus rapide, on ne s'attardait ni sur le géant Goliath abattu par le caillou de David au désespoir des garçons, ni hélas ! sur les richesses du roi Salomon, on passait vite sur la vie de Jésus, on y reviendrait une autre fois, car Esteria voulait s'arrêter sur la dernière image, celle qui devait marquer de terreur nos esprits enfantins et qui effectivement me poursuivait dans mes cauchemars.

« C'est l'enfer ! C'est l'enfer ! Ça brûle ! » s'exaltait Esteria, en montrant les grandes flammes d'un rouge intense au milieu desquelles rôtissaient, sans jamais se consumer, de petits personnages identiquement nus, que la catéchiste désignait de sa baguette avec un contentement non dissimulé : « Celui-là, c'est le gourmand, là c'est le voleur, à côté, c'est le menteur, et regardez, vous le reconnaissez, l'orgueilleux qui se vantait de son grand troupeau de vaches et puis celui-là, ou plutôt celle-là, car c'est certainement une femme, c'est l'impure, l'adultère, une femme libre comme il y en a à Kigali qui vont avec tous les hommes. » Au-dessus du foyer voletaient des diables très noirs, plus noirs que nous, avec des queues de singe, des ailes épineuses comme celles des chauves-souris, des yeux ardents comme, la nuit, les yeux du léopard. Avec des lances à trois pointes, ils attisaient le feu et poussaient les nouveaux arrivants au milieu des flammes comme des mauvaises herbes. « Ah, disait Esteria, mes pauvres enfants, regardez ce qui va vous arriver si vous commettez des péchés mais surtout si vous ne les avouez pas au bon père quand vous irez à la confession, malheur ! malheur sur vous si vous n'avouez pas tous vos péchés, si vous en cachez un seul, et même si vous en oubliez un seul ! Cela arrive de commettre des péchés, tous les hommes sont pécheurs, surtout les femmes ! Le principal, c'est d'aller les dire au confesseur : ceux qui les cachent, ceux qui les oublient, regardez bien ce qui leur arrive, c'est l'enfer ! c'est l'enfer ! Ils brûlent pour toujours, c'est l'enfer ! » Des ruisseaux de sueur coulaient sur le visage d'Esteria, suivaient les vallées de ses rides, finissaient par s'égoutter de la peau grenue de son menton comme si l'un des diables de l'image venait de s'incarner en elle.

Nous sortions tout tremblants de la leçon de catéchisme et je tremblais plus encore quand venait le jour de la confession. Toute la nuit qui la précédait, j'étais à la recherche de mes péchés. Je n'en trouvais jamais assez et, si j'en récoltais si peu, c'est sans doute que j'en oubliais et que le diable les effaçait de ma mémoire pour me précipiter en enfer. Je récapitulais les péchés qu'Esteria nous faisait réciter en chœur : la gourmandise, la paresse, l'envie, la colère, l'orgueil, l'avarice, l'impureté. C'étaient les plus gros péchés, insistait-elle, les KAPITOS, comme elle l'écrivait au tableau, ceux qui nous menaient tout droit dans les flammes de l'enfer.

Pour la gourmandise, c'était difficile, il y avait si peu à manger à la maison, il n'y avait rien à avouer ! Et l'envie ? Jamais il ne me serait venu à l'idée de jalouser mes petites sœurs tant les portions de haricots ou de patates douces que nous attribuait maman étaient égales. Pourtant il fallait me confesser, il me fallait donc des péchés. Aussi en étais-je réduite à être gourmande en imagination : oui, mon père, j'aurais tant voulu dévorer à moi toute seule des platées de bananes nageant dans leur sauce succulente ; pire encore, j'avais désiré manger en cachette, pendant la nuit à l'insu de mes sœurs, les petites bananes toutes sucrées que maman réservait pour vendre au marché (et, pour aggraver mon cas, j'étais prête à accuser les singes de leur disparition) ; et, dans la boutique de mama Twaha, j'avais trop longtemps contemplé les bonbons de toutes les couleurs enfermés dans un grand bocal de verre, et ça, c'était quasiment du vol, surtout quand, dans mon rêve, j'allais jusqu'à briser le bocal pour m'emparer des bonbons inaccessibles et m'en remplissais la bouche au risque de m'étouffer. Voilà qui serait un beau péché à avouer au père. J'étais sauvée.

Et la paresse ! Je n'avais guère de temps à lui consacrer. La plus grande partie de la journée était occupée par l'école mais le travail n'était pas fini quand je rentrais à la maison : aller chercher de l'eau, aider maman au champ, la remplacer auprès des petites sœurs, apprendre mes leçons, etc. Sans doute, je traînais un peu avec les copines en allant chercher de l'eau pour retarder le moment où je devrais prendre ma houe aux côtés de maman, mais cela pourrait-il vraiment m'être compté comme péché ?

Pour en revenir à l'envie, bien sûr, j'admirais comme toutes les autres filles la jupe plissée d'Esteria et le beau pagne que portait Mathilda à la grand-messe du dimanche, mais c'était surtout le visage de Consolata que je jalousais et sa peau si claire que j'aurais voulu échanger contre la mienne. Mais je savais bien que, si j'avouais cela au père, il se mettrait à rire et me dirait en passant ses mains sur mes joues : « Mais non, mais non, ma mignonne, tu n'es pas si noire que ça. »

La colère, ce n'était pas pour les filles, non plus d'ailleurs que pour un Rwandais qui se respecte et tient avant tout à sa dignité. Il n'y avait que des petits bergers pour échanger des injures à distance (et encore, c'était un jeu) et quelques rares voyous pour se battre jusqu'à se rouler dans la poussière. De la colère, je pouvais bien en éprouver un instant contre les mauvaises copines, contre ma grande sœur qui me prenait trop souvent pour sa boyesse, contre mes frères, grands et petits, auxquels maman donnait toujours les meilleures parts et qui se faisaient servir, mais il n'était pas question d'en montrer le moindre signe, la colère au Rwanda, si vous la laissez paraître, elle vous rend ridicule, vous ne pourrez plus rien contre vos ennemis puisqu'ils vous ont découvert. La colère c'est la faiblesse.

L'impureté ? je ne savais pas trop de quoi il s'agissait, je devinais bien un peu mais je ne voulais pas en savoir plus, je tenais encore à rester une petite fille. Les grandes, je savais bien qu'elles étaient déjà au courant : elles comparaient leurs toutes nouvelles poitrines et la proéminence arrogante de leurs derrières. Elles chuchotaient entre elles à propos de secrets que les petites ne devaient pas entendre.

Maman maudissait régulièrement une lointaine cousine qui faisait, à Kigali, avec les Blancs, des choses qu'elle ne pouvait pas dire et qui jetaient la honte sur la famille. Je n'osais rien inventer sur ce genre de péché mais lorsque je racontais en confession qu'avec les autres petites filles, pendant les grandes vacances, après nous être baignées dans la rivière, nous allions nous sécher toutes nues dans les papyrus, le père Damiano devenait soudain attentif et me demandait si Josefa, qu'il avait invitée un jour à passer dans son bureau pour lui donner, on ne savait pourquoi, une médaille, venait, elle aussi, avec nous.

Je ne sortais jamais apaisée du confessionnal. Sur la route du retour à la maison, de lancinants scrupules m'assaillaient. Un péché énorme me revenait à l'esprit et il me semblait que c'était le péché le plus énorme, le plus horrible des péchés. Comment avais-je pu l'oublier ? J'étais bonne pour l'enfer. Je faisais aussitôt demi-tour, espérant que le père Damiano serait toujours au confessionnal. Je m'asseyais alors sur le banc de ceux qui attendaient encore le sacrement de pénitence. Enfin mon tour venait. Je m'agenouillais aux pieds du père Damiano qui, fatigué d'avoir donné tant d'absolutions, somnolait sur sa chaise. Ma voix le faisait sursauter, il me regardait surpris et, me semblait-il, choqué par ma présence : « Viviane, qu'est-ce que tu fais là ? Je t'ai déjà confessée, tu as reçu l'absolution, tu n'as plus rien à faire ici. » Je le suppliais de me donner une nouvelle absolution car j'avais oublié de lui confier un péché, le plus grave de tous mes péchés. Le père Damiano me regardait l'air attendri : « Bon, va pour cette fois, mais n'y reviens plus, j'ai déjà effacé tous tes péchés et je veux bien pour te rassurer les effacer encore et tous, tiens, écoute :

"*Ego te absolvo.*" Cours vite, rentre chez toi. » Je reprenais le chemin de la maison et des doutes me venaient sur la sincérité et par conséquent l'efficacité de l'absolution que m'avait donnée le père Damiano, seulement par pitié ou par lassitude.

Quand j'annonçais à maman que le lendemain serait jour de confession, elle me prodiguait tout au long de la veillée recommandations et mises en garde. « Surtout, me disait-elle, quand tu rentres dans la boîte à péchés, ne tire pas le rideau, assure-toi qu'il y a des témoins, que toutes celles qui attendent sur le banc puissent te voir et, quand tu es à genoux devant le père, ne va pas frôler sa soutane et ne t'attarde pas auprès de lui quand il te dit d'aller en paix. »

Pour pénitence, le père Damiano donnait le plus souvent à réciter deux Notre Père et trois Je vous salue Marie, mais, parfois, il ajoutait : « Toi et tes petites amies, vous irez faire votre pénitence toutes ensemble, à Kivumu, au pied de la grande croix. Cette prière, ce sera pour remercier ceux qui sont venus de très loin, qui ont quitté leur famille, leur patrie, pour arracher le Rwanda aux griffes du diable. Ils sont maintenant au ciel, ces premiers Pères qui ont dressé la croix, mais, de là-haut, ils veillent sur les enfants et les petits-enfants de ceux qu'ils ont baptisés. Priez-les pour qu'ils continuent à employer leurs mérites, qui sont immenses aux yeux de Dieu, à écarter de vous les démons qui s'acharnent à votre perdition. »

Ce n'était pas sans appréhension que les petites pénitentes gravissaient cette haute colline qui faisait face à celle où s'élevaient l'église et les bâtiments de la mission. Une grande croix se dressait à son sommet. Les habitants de Gashora évitaient autant que possible de s'aventurer sur la colline de

Kivumu. Personne n'y cultivait, personne n'y menait paître ses chèvres et encore moins ses vaches. Seuls les Pères prenaient soin de la faire débroussailler et d'entretenir le sentier qui menait au pied de la croix. Ils avaient d'ailleurs du mal à recruter des volontaires pour ce travail malgré le salaire exceptionnel et les médailles qu'ils promettaient.

Deux fois par an, le vendredi saint et le jour anniversaire de la fondation de la mission, une procession montait jusqu'à la croix, mais, à part les enfants des écoles qui étaient bien obligés d'y participer, peu de monde la suivait. Au jour anniversaire, après les prières d'action de grâce, le père Damiano faisait asseoir les enfants devant la croix et, lui-même, debout, à bon pied, nous racontait l'histoire de la grande croix.

« Écoutez bien, mes enfants, et retenez la leçon. Cette grande croix qui maintenant protège Gashora, les premiers Pères l'ont arrachée à l'arbre du diable. Sur cette colline, quand vos grands-parents étaient encore païens, il y avait une forêt épaisse. Elle appartenait à un sorcier qui se faisait passer pour un roi. Le sorcier était un fils du diable : il adorait un grand serpent. Ce serpent s'enroulait autour des branches d'un arbre géant qui dominait tous les autres arbres. Le sorcier terrorisait vos pauvres grands-parents et les obligeait à lui donner du lait, de l'hydromel, des haricots, des colocases, du sorgho, des chèvres, des vaches... C'était, prétendait-il, pour donner en sacrifice à l'arbre géant et à son serpent maudit mais il n'était qu'un mwami hutu glouton qui dévorait le pays. Les Pères étaient bien décidés à chasser le diable de sa colline. Ces arbres maudits deviendraient des arbres bénis si on utilisait leur bois pour la charpente de l'église qu'on était en train de construire. Un jour, ils montèrent jusqu'à la forêt du diable et y pénétrèrent en récitant les prières d'exorcisme qui chassent les démons et aspergèrent l'arbre géant d'eau bénite. Le serpent, s'il existait, s'était déjà enfui mais le sorcier et son clan essayèrent de résister avec des lances et des machettes. Les catéchistes qui venaient d'Ouganda, que les Pères appelaient leurs enfants parce qu'ils les avaient sauvés de l'esclavage, avaient des fusils et, au premier coup de feu tiré en l'air, toute la famille du sorcier a détalé sans demander son reste. Les catéchistes ont abattu tous les arbres, ils en ont fait des planches et des poutres pour l'église et la mission. L'arbre géant a, dit-on, poussé un horrible gémissement quand on lui a donné le dernier coup de hache et c'est dans le bois de l'arbre géant qu'on a taillé la grande croix au pied de laquelle vous m'écoutez. L'arbre du diable est devenu l'arbre de Jésus, l'arbre du vrai Dieu qui règne à présent sur vos âmes et sur toutes celles de Gashora. »

Le jour de la procession, maman était rongée d'inquiétude. Elle attachait sous ma robe, à hauteur de mon ventre, une cordelette de perles bleues et rouges, de brindilles de bois, de dents de je ne sais quel animal. Au retour, elle me déshabillait et m'aspergeait tout le corps à l'aide d'un goupillon d'herbes fines qu'elle trempait dans une calebasse remplie d'une décoction de plantes dont elle connaissait les vertus lustrales.

J'étais inquiète et surtout honteuse de porter sous mon uniforme d'écolière tout un attirail de sorcière. Je protestais auprès de maman :

« Si une de mes copines aperçoit ce que tu m'as mis sous ma robe, elle ira le dire aux autres et toutes se moqueront de moi en criant : "Hou ! la païenne ! la païenne !" J'en connais plus d'une qui ne manqueront pas d'aller le dire au père

Damiano. Le père Damiano me chassera du catéchisme et je serai renvoyée de l'école et j'irai brûler en enfer.

— J'espère bien que personne n'ira regarder ce qu'il y a sous ta robe, répondait maman, mais je sais qu'il faut prendre garde quand on monte à Kivumu et je sais aussi ce qu'il faut faire, surtout quand on s'approche de la croix qu'on a taillée dans l'arbre d'Imana.

— Le père Damiano nous a raconté l'histoire de l'arbre géant. Ce sont les premiers missionnaires qui l'ont abattu, ils disaient que c'était l'arbre du diable et maintenant, la croix qu'ils ont taillée dans son bois, c'est l'arbre de Jésus.

— Les Pères racontent leurs histoires. Moi, je vais te raconter l'histoire de l'arbre géant et de sa forêt comme ma mère me l'a racontée. Autrefois, avant les Blancs, Gashora et toutes les collines environnantes étaient gouvernées par un grand Hutu. C'était un devin très puissant, un igihinza, on en avait peur et tout le monde le respectait. Les Hutu de son lignage et ceux des autres clans le respectaient. Les Tutsi le respectaient aussi. C'était comme un mwami. Le mwami du Rwanda ne le considérait pas comme un rebelle, il ne lui faisait pas la guerre. Au contraire, des envoyés de la Cour venaient lui demander les talismans dont il avait le secret, qu'il taillait dans le bois de l'arbre géant. Les simples gens venaient lui demander des médicaments qu'il confectionnait avec les feuilles des arbres de la forêt qui étaient comme les enfants de l'arbre géant, mais pour le mwami du Rwanda, pour sauver le Rwanda, le mwami de Kivumu taillait ses talismans dans le bois de l'arbre géant. On dit que, lorsqu'il fallait couper un petit bout d'une branche de l'arbre géant pour faire le talisman, on le lui demandait avec beaucoup de cérémonies et, si l'arbre acceptait, il mugissait et, lorsqu'on coupait la petite branche, il en coulait du lait. Car l'arbre géant était un arbre royal. Il était rempli de la puissance qui habitait aussi le roi et qu'on appelle Imana y'iRwanda. Et cela parce que c'est un roi qui l'avait planté. C'est Ruganzu Ndori qui a planté l'arbre géant, là, à Kivumu. Tu connais l'histoire de Ruganzu ? Non ! Qu'est-ce qu'on vous apprend à l'école ? Tu ne connais pas l'histoire de Ruganzu ? Alors écoute d'abord l'histoire de Ruganzu.

« Ruganzu Ndori était le fils du roi Ndahiro Cyamatare, c'était il y a très longtemps. Les devins avaient prédit à Ndahiro que les rebelles le tueraient mais ils avaient ajouté : "Envoie un de tes jeunes taureaux paître au Karagwe, il reviendra quand tu ne seras plus là." Tu as compris, le jeune taureau, c'était son fils Ruganzu. La sœur de Ndahiro avait épousé le roi du Karagwe. Ruganzu est donc parti chez sa tante paternelle. Il est parti avec son chien, son singe et son mutwa. Il est resté chez sa tante Nyabunyanya au Karagwe. Quand Ndahiro a été tué — le rebelle l'a étranglé —, la pluie a cessé de tomber, les vaches de vêler, les femmes d'enfanter. On est allé chercher Ruganzu. Il est revenu au Rwanda. Il a retrouvé le Tambour de son père, Karinga, le Tambour du Rwanda, il a tendu une nouvelle peau sur le Tambour, la peau de la vache Muringa qui n'avait eu encore qu'un seul veau, il a aiguisé son arme sur le rocher de Mata qui étend ses racines sous toute la montagne à Marangara. Alors Ruganzu Ndori vainc tous les rebelles, il razzie toutes leurs vaches, il capture leurs tambours. Il triomphe dans le pays des braves. La pluie tombe en abondance, les vaches ont des veaux, les femmes enfantent des guerriers. Les tambours battent. Le mwami règne sur son pays.

« Quand Ruganzu arriva chez nous, à Gashora (il n'avait pas encore retrouvé Karinga), personne ne voulut l'accueillir, ni les Hutu ni les Tutsi. On ignorait que c'était le mwami. On croyait que lui et sa bande, c'étaient des brigands, des voleurs de vaches. Personne ne savait d'où ils venaient ni ce qu'ils venaient faire. Ils avaient l'air farouche et le simple regard de leur chef — c'était Ruganzu — vous remplissait de terreur et vous renversait à terre. Il n'y eut qu'une famille hutu, celle de Ndagano, pour lui offrir l'hospitalité. Pour le remercier, le matin de son départ, Ruganzu décocha une flèche qui alla se ficher au sommet de Kivumu, qui ne s'appelait pas encore Kivumu. Ruganzu lui dit : "Cette colline où ma flèche s'est plantée et toutes les collines que, de là-haut, tu pourras apercevoir, je te les donne, je suis Ruganzu Ndori, le mwami du Rwanda, elles sont à toi : tu les gouverneras. Mais à une seule exception, la colline où j'ai planté ma flèche, que personne n'y bâtisse son enclos. Ma flèche y a pris racine, elle deviendra un grand arbre rempli de la puissance des rois, ce sera Kivumu, le grand arbre, umuvumu, qui engendrera la forêt. Maudit soit celui qui y portera la hache ! Désormais je t'en fais le gardien. Quand le mwami du Rwanda te le demandera, alors tu couperas une petite branche de l'arbre géant, tu en feras un talisman qui sauvera le Rwanda. À Kivumu, mais seulement à Kivumu, toi aussi, désormais, tu es un mwami et tes fils le seront après toi." Les devins qui accompagnaient Ruganzu révélèrent à Ndagano quelques-uns de leurs secrets pour apaiser les esprits des morts et guérir certaines maladies. Et, jusqu'à ce que les Blancs abattent l'arbre géant et sa forêt, on venait demander de toute la région des médicaments aux descendants de Ndagano.

« C'est le roi Musinga, ou plutôt ses deux oncles, car Musinga était trop jeune, qui concéda, chez nous, à Gashora, un terrain pour les Pères. Ils étaient trois. Les chefs de la Cour qu'on leur avait donnés pour guides leur désignèrent la colline où se trouve aujourd'hui la mission, face à celle de Kivumu. Ma mère croyait qu'on espérait à la Cour que Ngoga, le roi de Kivumu, le descendant de Ndagano, leur jetterait des maléfices assez puissants pour les chasser du pays. Les Pères n'étaient pas seuls : ils avaient avec eux une troupe de jeunes gens, des Noirs. On a su après qu'ils venaient du Buganda ou d'un pays que ma mère appelait Mukoto, je crois que c'est maintenant la Tanzanie. Ils ne parlaient pas notre langue, sauf un qui connaissait quelques mots mais qu'il prononçait si mal que celui auquel il s'adressait ne pouvait s'empêcher de rire. Quand il commença son catéchisme, car les boys des Pères, c'étaient des catéchistes, beaucoup sont venus l'écouter pour se moquer de sa façon de parler. Quand les Pères ont appris eux aussi un peu de kinyarwanda, ils ne le prononçaient pas mieux, mais on s'y était habitué : c'était le kinyarwanda des Pères.

« Au début, disait ma mère, les Pères et leurs boys ont habité sous des maisons en pagne, mais, bien vite, ils ont construit des maisons en terre comme beaucoup en construisent de nos jours. Les boys des Pères — j'ai déjà dit que c'étaient des catéchistes — parcouraient les collines et distribuaient des petits paquets de sel, des perles de verre, des bleues, des blanches, des rouges, des morceaux de tissu pour attirer les habitants vers les Pères. Mais on les détestait, on en avait peur, ils avaient des fusils, ils réclamaient pour eux des chèvres et des vaches, ils voulaient aussi des jeunes filles.

« D'abord, ce sont les jeunes gens, les enfants des mauvaises familles, qui sont allés chez les Pères, puis d'autres sont venus aussi, ils ont aidé à cuire les briques pour construire des maisons plus grandes et pour une plus grande que toutes les autres qui serait l'église. Ils travaillaient pour les Pères et ils écoutaient le catéchisme. Mais ma famille n'y allait pas, les Tutsi n'y allaient pas. Ceux qui y allaient y allaient pour les cadeaux car ils ne comprenaient rien à ce que disaient les boys, pas plus qu'à ce que disaient les Pères qui parlaient plus fort encore et qui faisaient peur.

« Certains prétendaient — et c'étaient certainement les gens de Kivumu qui faisaient courir le bruit — que les Blancs étaient venus pour s'emparer des esprits de nos morts et les rendre malveillants, plus malveillants qu'ils ne le sont déjà, à l'égard des pauvres Rwandais vivants. On avait remarqué en effet qu'ils étaient toujours à la recherche des mourants. Quand un de leurs boys signalait que, sur une colline, quelqu'un allait mourir, qu'un bébé qui venait de naître ne survivrait pas, un père accourait aussitôt et lui versait de l'eau sur la tête, et le malade, le vieillard ou le bébé mouraient peu après. Comment pouvions-nous savoir, disait ma mère, que c'était ça le baptême qui faisait monter directement au ciel ? Quand on voyait un père s'approcher d'un enclos, on disait : "Quelqu'un va mourir", et on s'enfuyait. On croyait que l'odeur des Blancs, c'était l'odeur de la mort. Les Pères soignaient aussi les blessures en barbouillant la plaie d'un médicament très rouge, comme du sang : ma mère disait que tout le monde croyait que c'était du sang de poulet ou de chèvre peut-être. Mais la plupart des habitants de Gashora restaient fidèles à Ngoga : pour les maladies des Rwandais, ils préféraient les feuilles et les herbes de Kivumu.

« Cependant, les Pères ont peu à peu réuni assez de monde autour d'eux : ils sont devenus comme des chefs, ils ont bientôt possédé, comme eux, un troupeau de vaches. Les ennemis de Ngoga — le mwami de Kivumu n'en manquait pas — sont venus travailler pour eux comme si les Pères étaient leurs shebuja, leurs patrons. Ils ont porté des briques du matin au soir pour avoir des étoffes. Les plus assidus ont reçu des médailles qui, se vantaient-ils, étaient plus puissantes que les talismans de bois de Ngoga. Quelques-uns ont même été baptisés : ils n'en sont pas morts et les Pères leur ont donné une vache.

« Ngoga avait envoyé un des siens pour se mêler à ceux qui suivaient les Pères et étaient devenus comme leurs clients. Il était chargé de découvrir d'où ces Blancs tiraient leur puissance. "Notre arbre géant, disait Ngoga, notre Kivumu est rempli d'Imana, si nous découvrons l'amulette des étrangers, il n'aura pas de peine à s'en rendre maître ou à l'anéantir et les Blancs, tremblant de peur, s'enfuiront : une fois de plus, nous, les rois de Kivumu, nous aurons sauvé le Rwanda."

« L'espion de Ngoga, qui s'appelait Nyabugigira, était un jeune homme rusé qui ne tarda pas, par son assiduité aux leçons de catéchisme, à inspirer confiance aux Pères. Il réussit même à se faire engager comme boy par un des catéchistes qui lui déléguait parfois la tâche de faire le ménage dans la case des Pères. Nyabugigira observait méticuleusement les faits et gestes des Pères, il examinait, palpait, soupesait tous les objets. Mais, comme les autres habitants de Gashora, il n'avait pas encore bien compris ce que pouvait être un chapelet, une croix, une bible. Quand il fit son rapport à Ngoga, il affirma que les Blancs avaient de nombreuses amulettes, qu'ils en portaient sur eux, autour du cou, comme les femmes des colliers de perles, et qu'il y avait un talisman en bois que certains accrochaient aux colliers et qui pendait sur leur poitrine, et qu'on voyait ce même talisman partout à l'extérieur comme à l'intérieur de leurs cases. C'était sans doute pour les protéger des mauvais sorts qu'on ne manquait pas de leur jeter.

« Mais ce que Nyabugigira n'arrivait pas à décrire, c'étaient les bibles et les missels. Comme tous ceux de Gashora, il n'avait jamais vu de livre. Il dit à Ngoga que cela ressemblait un peu à des morceaux de l'étoffe que l'on fabrique avec l'écorce de ficus, qu'on aurait liés ensemble. Il n'avait jamais rien vu de semblable mais il était certain que c'était cela le talisman qui rendait les Blancs si puissants car ils lui parlaient sans cesse et, pendant la grande cérémonie où l'un des Pères mangeait une sorte de roupie blanche et buvait, il ne savait quoi, dans une calebasse dorée comme un bracelet de cuivre, il s'adressait à un talisman semblable, mais plus grand que les autres, dans un langage que les Pères n'employaient pas habituellement entre eux.

« Ngoga, après avoir écouté Nyabugigira, réfléchit longuement et finit par déclarer : "Nyabugigira, tu n'as rien compris, les Blancs ne parlent pas au talisman, c'est l'Esprit du talisman qui parle en eux, qui leur dit comment agir, qui leur communique sa puissance. Il faut nous emparer de ce talisman et de sa force et, si l'Esprit qui l'habite ne veut pas nous obéir, nous le détruirons. Retourne chez les Blancs, dérobe-leur un de ces talismans, rapporte-le-moi, nous le pendrons à l'une des branches de notre grand arbre : nous verrons bien qui sera le plus fort mais, j'en suis certain, c'est notre Imana qui sera le vainqueur, c'est lui qui sauvera notre Rwanda."

« Nyabugigira alla donc voler la bible d'un des Pères. Ngoga feuilleta le livre, prononça sur chaque page de nombreuses incantations espérant que l'Esprit des Blancs se manifesterait. En vain. Il le pendit alors à l'une des branches du Kivumu mais l'arbre géant lui-même ne put empêcher les Pères de gagner des adeptes de plus en plus nombreux parmi la population de Gashora et des collines environnantes.

« C'est alors que les Pères ont décidé de construire une église plus grande encore, avec un toit de tuiles. Ils avaient besoin de bois pour la charpente. À cette époque, il n'y avait pas beaucoup d'arbres au Rwanda : on ne connaissait pas encore les eucalyptus. Il y avait bien, tout près de la mission, les arbres de la forêt sacrée mais les Pères n'osaient pas s'en prendre à eux. Les descendants de Ndagano et beaucoup de gens de Gashora étaient sans doute prêts à défendre par la force ces arbres intouchables et Musinga ne voulait pas que l'on attaque l'arbre qui était rempli de l'esprit du roi Ruganzu, son ancêtre. Les Pères savaient aussi que le Blanc Kinyoge, qui avait construit à Nyarugenge une ville de Blancs qu'on appelle à présent Kigali et qui commandait aux askaris armés de ces gros fusils qui font tikitiki, était toujours du côté du roi.

« Mais une nuit, un incendie a détruit les maisons des catéchistes et les greniers de la mission. Deux catéchistes ont été tués, ceux justement qu'on accusait d'avoir violé des jeunes filles de chez Ngoga. Les Pères ont déclaré aussitôt que c'étaient les Hutu de Ngoga, le sorcier de Kivumu, qui avaient tué les deux catéchistes auxquels Jésus avait décerné dès qu'ils étaient arrivés au ciel la palme du martyr, qu'il fallait maintenant les prier pour obtenir le pardon de Dieu pour les assassins. Mais les catéchistes ne l'entendaient pas ainsi : ils ont pris leurs fusils et ont couru vers les enclos des gens de Ngoga pour venger leurs frères. Les

Pères ne les ont pas empêchés, ils les ont suivis de loin : avec leurs robes, ils ne pouvaient pas courir bien vite. Les catéchistes ont chassé les Hutu du mwami de Kivumu, ils ont brûlé leurs enclos, ils en ont tué plusieurs. Le mwami de Kivumu a pris la fuite. Alors les catéchistes ont commencé à abattre les arbres de la forêt de Kivumu. Les Pères ont dit que, puisque le diable avait été chassé, il ne restait plus qu'à détruire son bois maudit. Les catéchistes ont travaillé plusieurs semaines, personne n'est venu les aider, pas même les baptisés, mais quand, pour finir, ils ont voulu abattre l'arbre géant, leurs haches se sont brisées contre son tronc et les catéchistes en tremblant ont dit que l'esprit de l'arbre était plus fort qu'eux, qu'ils ne retourneraient plus jamais sur la colline de Kivumu.

« Les Pères ont réfléchi. L'un d'eux a dit qu'il avait avec lui une poudre si puissante qu'elle était capable de faire voler les roches en éclats. Ils en ont mis toute une boîte au pied de l'arbre géant. Quand la poudre a explosé, cela a fait un bruit si épouvantable qu'il a jeté à terre tous les pauvres habitants de Gashora et les a rendus sourds pendant plusieurs jours. On a raconté que l'arbre s'était fendu en deux et que le lait dont il était rempli s'était changé en sang. Je ne sais si les Pères ont tiré beaucoup de poutres et de planches de ce qui restait de l'arbre géant mais ils ont réservé les plus beaux débris pour faire cette grande croix qu'ils ont dressée au sommet de Kivumu pour montrer à tout Gashora que c'étaient eux et leur dieu qui étaient les plus forts. Alors beaucoup se sont fait baptiser mais on savait aussi dans quel bois la croix avait été fabriquée et, si la plupart refusaient d'y aller prier avec les Pères, craignant la vengeance de l'arbre, certains profitaient de la nuit pour en détacher un copeau qu'ils portaient sur eux comme un talisman précieux : si le dieu des Blancs, disaient-ils, ne m'accorde pas ses faveurs, eh bien ce sera Ruganzu. »

Voilà ce que j'ai entendu dire ma mère, voilà ce que je sais.

Le récit de maman m'avait beaucoup troublée et, quand j'allais faire pénitence au pied du calvaire de Kivumu, il me semblait parfois entendre comme un frémissement de feuillage.

Le jour où, sur ma poitrine, maman crut deviner des esquisses de mamelons, elle décida que je ne devais plus aller à confesse : « Il y a des choses qu'une jeune fille ne doit pas dire à un homme, encore moins à un Blanc. » Maman, qui ne craignait pas l'hérésie, m'enjoignit de m'adresser désormais directement et uniquement à Dieu : « Imana peut tout entendre et, lui, il est discret, tu peux lui faire confiance : il ne répétera à personne ce que tu lui auras avoué et, surtout, il n'en profitera pas. Je sais ce que je dis. Quand j'aidais à la cuisine chez les sœurs à Save, il y avait une école à part, on l'appelait le pensionnat des orphelins, on ne les voyait pas beaucoup ces orphelins, on ne devait pas les voir... mais j'allais parfois chez eux aider à faire le ménage, je voyais bien qu'ils n'étaient pas bien noirs les orphelins, mais ce n'étaient pas des albinos, non, il y en avait même qui avaient des cheveux roux. »

Je fus en fin de compte reçue à l'examen national. Mon père attribua ce succès à l'influence du père Damiano : « Tu vois, m'avoua-t-il, c'est pour toi que j'ai suivi toutes les retraites à la mission, que j'ai été assidu à l'assemblée de la paroisse, à l'inama. J'y ai pris souvent la parole. Le père

Damiano me considère comme un chrétien modèle, son meilleur paroissien. Alors, ton examen national, il me devait bien ça. » J'ignore si le père Damiano fut pour quelque chose dans ma réussite à cet examen si convoité qui permettait d'accéder au secondaire. Je fus en tout cas inscrite dans le lointain collège de Gatagara pour la rentrée suivante.

Maman était à la fois fière et triste de mon succès. Bien sûr, elle appréciait le défilé de voisines qui venaient féliciter l'« étudiante » et lui faire cadeau d'une petite pièce, voire pour les plus riches ou les plus généreuses d'un billet de dix francs qu'elles défroissaient avec solennité et déposaient sans discrétion dans la vannerie disposée pour recevoir les dons. Mais je remarquais aussi que maman me dévisageait avec une insistance inquiète comme si elle avait voulu graver mes traits au plus profond de sa mémoire. Elle avait scrupuleusement rempli ma valise de tous les objets insolites qu'énumérait la liste fournie par le collège qu'avait apportée comme un important document officiel le planton de la commune. Elle soupirait en pliant avec grand soin la robe de l'uniforme que le tailleur du village avait confectionné, sous ses pressantes recommandations, à la couleur et aux normes imposées. En faisant ma valise, elle murmurait des mots incompréhensibles dont je ne sais s'ils étaient destinés à conjurer les malheurs qui forcément risquaient, loin d'elle, de s'abattre sur moi ou à se lamenter sur ce bagage qui était le signe tangible de mon départ prochain.

C'est en écossant les haricots qu'elle m'avoua :

« Viviane, quelque chose me dit que tu iras plus loin, que, peut-être, je ne te reverrai plus... plus jamais.

— Pourquoi dis-tu cela ? Je reviendrai toujours à Gashora.

Il y a les vacances, les grandes vacances. Comment pourrais-je vous oublier toi, papa, mes frères, mes sœurs...

— Je ne sais pas mais j'ai peur de ne plus te revoir. Je crois que tu t'en iras très loin, un jour, jusqu'au pays des Blancs... »

Elle hésitait à continuer...

« Écoute-moi, ne te moque pas... J'ai fait un rêve. Il faut croire en ce que te disent les rêves. Surtout si c'est le même rêve qui revient chaque nuit. C'est ce qui m'arrive : depuis que je sais que tu vas t'en aller, je fais toujours ce même rêve ; je suis sur la colline de Kivumu et tu es avec moi, mais la croix n'est plus là, à la place il y a l'arbre géant. Il nous attend. Je sais pourquoi. Je sais ce qu'il veut que nous fassions. Cette nuit, toi et moi, nous monterons jusqu'à la croix. Il faudra être aussi silencieuses que le léopard pour ne pas réveiller ton père, tes frères et tes sœurs. Mais dehors personne ne nous verra, c'est une nuit sans lune. Ne t'endors pas, tiens-toi prête. »

Au milieu de la nuit, un faible toussotement me donna le signal du départ. J'ai suivi maman qui se faufilait comme une ombre. Comme elle l'avait dit, il n'y avait pas de lune, mais maman ne tâtonnait pas dans l'obscurité : on aurait dit qu'elle suivait un guide invisible. Pour escalader Kivumu, nous avons évité le sentier entretenu par les Pères, maman traçait sans hésiter notre chemin entre les buissons épineux. Parvenue au pied de la croix, elle a sorti de dessous son pagne un petit pot et une serpette. Avec la serpette, elle a entaillé le bois et en a détaché un mince éclat dont elle a égalisé les bords pour lui donner une forme vaguement oblongue. Puis elle a enduit de beurre puisé dans le petit pot la blessure causée par la serpette.

« Il faut remercier l'umuvumu pour le don qu'il nous a fait. Surtout qu'il n'aille pas se venger pour la petite égratignure que lui a causée ma serpette. Mais je n'ai aucune crainte : il n'a pas oublié pourquoi la flèche de Ruganzu l'a planté là. C'était pour protéger les habitants de Gashora, pour protéger tous les Rwandais, Hutu et Tutsi. Dans la croix des Pères, il y a toujours l'arbre de Ruganzu qui était le grand talisman du Rwanda. Il l'est toujours. Prends ce petit bout de bois, garde-le toujours sur toi, autour de tes hanches, il te protégera, te guidera. Promets-le moi, porte-le toujours sur toi. Tu vas partir, quelque chose me dit que je ne te reverrai plus. Mais je serai quand même avec toi, le bois de Kivumu veillera sur toi. J'ai moins peur pour toi. »

À la maison, maman perça le bout de bois avec l'aiguille en forme de fléchette qu'on utilise pour tresser les paniers et y passa une ficelle de ficus qu'elle noua autour de ma taille.

Quand j'ai dû prendre le chemin de l'exil, je l'ai toujours porté sur moi comme me l'avait recommandé maman, je ne l'ai pas toujours gardé autour de ma taille, mais, dès que je le pouvais, je renouais le cordon (ce n'était plus, bien sûr, le lien d'écorce de maman) là où il devait être.

*

La rumeur de la ville bat contre la baie vitrée du studio. J'ai peur qu'elle ne m'entraîne jusqu'au bout de cette nuit inépuisable. Alors, j'appelle mon rêve. Me voilà transportée au pied de la croix de Kivumu. Je suis nue : je n'ai autour de mes hanches que la cordelette et le talisman de bois. Le copeau s'insère dans l'entaille d'où on l'a détaché. La croix frémit, se gonfle en un tronc énorme qui m'engloutit jusqu'au cœur de ses cernes. La sève blanche comme le lait coule dans mes veines, l'arbre géant lance à nouveau ses branches jusqu'au ciel. Cette nuit, je suis la mémoire de l'arbre géant de Kivumu.

NOTE À L'ATTENTION D'UN LECTEUR CURIEUX

Si l'arbre sacré de Kivumu est dû à ma seule imagination, il prend cependant racine dans la réalité historique du Rwanda.

Il existait en effet dans le sud-ouest du Rwanda deux petites principautés dirigées par des bami hutu qui avaient conservé une certaine indépendance vis-à-vis de la royauté centrale : il s'agit du Bukunzi et du Busozo.

Le mwami du Bukunzi était réputé commander à la pluie pour tout le Rwanda. Il recevait pour cela, avant chaque saison des pluies, des présents de la Cour et en particulier une vache appelée Mugurwamvura, Celle-qu'on-échange-contre-la-pluie.

Les habitants du Busozo étaient censés avoir accueilli le roi Ruganzu Ndori qui s'était partout heurté à l'hostilité de la population. En retour, les rois du Rwanda avaient accordé un statut particulier d'autonomie à cette petite région qui devait, pour tout tribut, fournir la Cour en certaines plantes médicinales.

Les Belges intégrèrent par la force ces deux enclaves rituelles au système administratif colonial des chefferies et des sous-chefferies.

Titicarabi

Longtemps, j'ai cru qu'il n'existait au monde que deux livres, la Bible de mon père et *Matins d'Afrique*, le manuel de lecture qu'en classe Félicien, notre instituteur, nous distribuait parcimonieusement — il n'y avait qu'un livre pour deux ou pour trois — et toujours avec beaucoup de réticences tant il avait peur que nous abîmions les précieux volumes qu'il nous confiait.

Je n'ai jamais eu accès à la Bible de mon père. Quand il n'était pas à la maison, ce qui arrivait le plus souvent car il n'est pas bon au Rwanda qu'un homme reste à la maison, il l'enfermait dans une petite valise dont il gardait toujours la clé sur lui. La valise était glissée sous le grand lit des parents que le respect nous interdisait d'approcher. Je ne sais quand mon père lisait sa Bible qui ne sortait guère de la valise mais dont il était si fier et qu'il considérait sans doute, après les pots à lait, comme l'objet le plus précieux de la maison car elle lui avait été donnée par les pères de la mission en tant que responsable de la Légion de Marie de Gitagata. Certains soirs cependant, après la prière en commun, il nous en lisait un court passage — les missionnaires avaient traduit en kinyarwanda le texte saint. J'ai l'impression qu'il choisissait au hasard les extraits qu'il nous lisait car les histoires de la Bible n'avaient, me semblait-il, ni commencement ni fin. Pour moi, la Bible de papa, ce n'était pas tout à fait un livre, un vrai livre comme *Matins d'Afrique* où il y avait de belles images, de belles histoires, aussi belles que les contes de maman, même si, pour les lire, il fallait jouer des coudes et bousculer un peu sa voisine pour pouvoir se placer bien en face de la page.

Oui, *Matins d'Afrique,* ça, c'était un vrai livre, avec des histoires qui avaient un commencement et une fin, qui se passaient dans une Afrique étrange qui n'était pas le Rwanda, dans des pays encore plus bizarres qui devaient être les pays des Blancs.

Un jour, après avoir lu « La Chèvre de M. Seguin », Félicien nous dit :

« Regardez bien, regardez ce qui est écrit au-dessous de l'histoire de la chèvre.

— Alphonse Daudet, avons-nous déchiffré en chœur.

— Mais non, au-dessous encore, qu'est-ce qu'il y a ?

— *Lettres de mon moulin* !

— Et vous savez ce que c'est, les *Lettres de mon moulin* ? Non, bien sûr, ignorants comme vous êtes. Eh bien, moi, je vais vous dire ce que c'est que les *Lettres de mon moulin* : c'est comme ça que s'appelle le livre où il y a l'histoire de la chèvre avec d'autres histoires qui ne sont pas dans *Matins d'Afrique. Matins d'Afrique* a pris l'histoire de la chèvre dans le livre qui s'appelle *Lettres de mon moulin.* Vous avez compris ? Eh bien, moi, ce livre, les *Lettres de mon moulin,* je l'ai chez moi. C'est un Blanc, un grand professeur, qui me l'a donné. Si vous êtes sages, un jour, je vous le montrerai. »

Félicien ne tint pas sa promesse, jamais il ne nous montra le fameux livre dont il parlait avec tant d'orgueil, mais ses remarques furent pour moi une révélation : je savais maintenant, et les histoires de *Matins d'Afrique* et ce qui était écrit dessous m'en apportaient la preuve, je savais qu'il y avait d'autres livres que la Bible de mon père et le manuel de Félicien et j'imaginais tous ces enfants qui avaient lu ces livres, ceux qui, peut-être en même temps que nous les lisions dans la classe de Félicien, étaient eux aussi en train de les lire : cela me donnait le vertige et je me promettais de lire moi aussi tous ces livres, et, pourquoi pas, d'y ajouter une histoire.

Quand nous avions bien travaillé, Félicien nous disait :

« Je vais vous distribuer *Matins d'Afrique*, prenez-en grand soin ! Quelle histoire voulez-vous qu'on lise ? »

Le choix était unanime :

« "Titicarabi" ! "Titicarabi" ! »

C'était une drôle d'histoire, l'histoire de Titicarabi. Elle se passait dans cette autre Afrique qui n'était pas le Rwanda, là où il y avait des marigots, des baobabs, des marabouts, des griots, des mots que Félicien lui-même avait bien du mal à expliquer et parfois confondait, si bien que nous risquions, dans la rédaction suivante, d'écrire que les hommes se réunissaient à l'ombre du marigot et que les petites filles allaient chercher de l'eau au baobab.

Il y avait dans cette autre Afrique qui n'était pas le Rwanda un village où les gens vivaient très heureux. Les champs qu'ils cultivaient donnaient des récoltes si abondantes que, dans leur langage, des mots comme « famine » ou même « disette » n'existaient pas. Les pluies tombaient toujours à point. Il y avait toujours abondance de mil (Félicien nous expliquait que c'était comme du sorgho), d'ignames, de colocases. Ils faisaient commerce de leur surplus pour se procurer de beaux pagnes de coton brodés qu'ils appelaient boubous et des colliers de perles multicolores que les femmes faisaient cliqueter en dansant. Leur générosité était célébrée alentour car ils nourrissaient, de bon cœur et à satiété, les voyageurs, les pèlerins, les mendiants qui traversaient le village et en repartaient chargés de provisions.

« Mais les bananes, objectait Alphonsine, ils n'ont même pas de bananes.

— Ça ne leur fait rien, répondait Félicien irrité par cette interruption, ils n'aiment pas les bananes. »

Tout était donc pour le mieux dans le meilleur des villages : les chèvres broutaient les épineux, les enfants, quand ils n'étaient pas chez le marabout (c'est comme chez nous le catéchisme, précisait Félicien), jouaient dans les cours, les femmes pilaient à longueur de journée, les sages, et tous les hommes étaient des sages, s'asseyaient sous le grand arbre pour échanger des proverbes et, au clair de lune, le village tout entier se rassemblait pour écouter les griots qui chantaient d'interminables poèmes à la gloire des héros des temps révolus, celui où les hommes se faisaient la guerre.

Mais un jour arriva Titicarabi. Titicarabi, c'était un chien. Pas un de ces chiens errants, faméliques qu'on chasse d'un coup de pied. Non, Titicarabi, c'était un chien d'une beauté extraordinaire. Si vous posiez sur lui votre regard, vous ne pouviez plus l'en détacher. Donc Titicarabi traversa lentement le village et, à mesure qu'il avançait, les chèvres cessaient de brouter, les enfants de répéter la leçon du marabout, les femmes de piler, les hommes de palabrer. Le village tout entier, des vieillards jusqu'aux derniers-nés au dos de leurs mères, suivit Titicarabi. Le chien merveilleux alla s'asseoir sous le grand arbre des sages. Il ouvrit son museau pointu et se mit à parler. Cela ne nous étonnait guère car dans les contes du Rwanda tous les animaux parlent. Mais Titicarabi, dès qu'il se mit à parler, n'arrêta plus de parler. Il parla toute la journée, toute la nuit, il parla des jours et des jours, des nuits et des nuits. L'histoire de *Matins d'Afrique* ne disait pas ce qu'il racontait mais sa parole pour ceux qui l'écoutaient était délices et ravissement. Titicarabi les avait capturés dans le filet d'or de ses paroles et ils avaient oublié de garder les chèvres qui dévoraient les champs de mil, de nourrir les petits enfants qui n'avaient plus que des larmes au pied des grands mortiers remplis de poussière. L'enchantement du discours sans fin de Titicarabi avait aboli la sagesse des anciens, effacé la mémoire des griots. Un nuage de songes recouvrait le village.

Mais un beau jour, Titicarabi s'interrompit et dit aux villageois : « Moi, Titicarabi, je vous quitte, j'ai d'autres villages qui attendent mes paroles mais, vous, ne les oubliez pas. »

Titicarabi retraversa majestueusement le village. Il prit la piste qui conduit au fleuve. Les jeunes gens qui l'ont suivi jusqu'à la limite des champs ont dit qu'à l'orée de la brousse ils n'ont plus aperçu qu'un chien maigre et galeux qui prit la fuite en boitillant.

Ce soir-là, le mirage des belles paroles s'était dissipé et les villageois contemplèrent l'étendue du désastre : les cases qui tombaient en ruine, les greniers éventrés et pillés par les singes, les chèvres redevenues sauvages ou dévorées par les hyènes et les enfants aux yeux immenses et ternes réduits à l'état de squelettes. Le village n'était plus qu'un hameau de misérables masures menacé par la sécheresse et le vent de sable. Ils maudirent Titicarabi. Mais, dans leurs rêves, ils entendaient encore les paroles merveilleuses et certains, dans le secret de leur cœur, attendaient son retour.

*

C'est nous, les filles, qui avons fait le succès de Titicarabi au-delà de la classe de Félicien. Les garçons, eux, ils étaient timides ou ils trouvaient que ce genre d'histoire, ce n'était pas digne d'eux, eux qui seraient bientôt des hommes. Mais quand les grandes sœurs, les écolières, rentraient à la maison, les petites, et celles qui n'avaient pas eu la chance d'aller à l'école, leur disaient : « Dis-nous ce que tu as fait en classe? Dis-nous ce qu'a dit Félicien? » Elles étaient fières, les écolières, de leur dresser un tableau avantageux de leur travail et du savoir que leur inculquait Félicien. Elles leur parlaient du livre du maître, de *Matins d'Afrique* et de toutes les belles histoires qu'elles y lisaient. « Raconte-nous, raconte-nous », imploraient les petites. L'écolière ne se faisait pas prier et racontait à sa façon l'histoire qui avait été lue en classe. Les histoires de *Matins d'Afrique* s'adaptaient à l'intelligence, à l'humeur, à la fantaisie, au talent de chaque narratrice et, au bout de tant de mutations, il aurait été parfois difficile de reconnaître l'histoire originale. Même les mères, un peu gênées, se mêlaient discrètement au cercle des auditrices. Maman surtout, qui était une conteuse de talent, ne manquait jamais d'approcher les gousses des haricots qu'elle était en train d'écosser pour mieux écouter et, quelques veillées plus tard, je reconnaissais, habilement inséré dans la trame d'un conte bien connu, un épisode inédit qu'elle avait manifestement emprunté par mon intermédiaire à l'une des histoires de *Matins d'Afrique*.

On oublia peu à peu l'histoire du chien merveilleux même si quelques bribes furent intégrées au répertoire traditionnel des conteuses, mais le nom de Titicarabi, lui, subsista et se répandit dans tout Gitagata. Pour un rien, à propos de tout, on vous traitait de Titicarabi. Il vous venait sur la langue en toutes occasions, pour faire un compliment, pour se moquer de son voisin, pour le lancer comme une injure. Ceux qui n'étaient jamais allés à l'école — et c'étaient les plus nombreux à Gitagata — étaient fiers de prononcer ce mot qui, croyaient-ils, était l'un de ceux dont les évolués faisaient étalage pour étonner le pauvre monde illettré ! Titicarabi, s'emportait ma mère quand, bavarde impénitente, j'interrompais la conversation des dames assises sur la termitière, Titicarabi, disait-on pour éloigner Kagabo qui venait troubler ceux et surtout celles qui travaillaient au champ de ses intarissables plaisanteries, Titicarabi, Suzana la lycéenne qui, pendant les grandes vacances, quand nous allions chercher de l'eau, nous faisait visiter et revisiter les merveilles du lycée de Kigali, Titicarabi, Théoneste, le catéchiste qui complétait les Évangiles avec des miracles où Jésus-Christ multipliait les vaches et les casiers de Primus, et même Jean-Damascène, qui avait toujours les meilleures notes en classe, c'était Titicarabi et les enfants mal élevés poursuivaient, à bonne distance, Séraphine la folle en criant : « Titicarabi ! Titicarabi ! »

*

« Titicarabi ! Titicarabi, me déclara triomphalement mon fils au retour de l'école, tu dis toujours que je suis Titicarabi et tu ne sais même pas ce que c'est !

— C'est un chien, je t'ai raconté l'histoire.

— Ce n'est pas un chien, c'est une chanson, et dans la chanson il n'y a pas de chien.

— Une chanson !

— Oui, la maîtresse nous a fait écouter le disque. Je me rappelle, ça dit comme ça :

Titicarabi
Totocarabo
Compère Guilleri...

« Je sais plus après...

— Chez moi, au Rwanda, à l'école, c'était un chien.

— C'était peut-être le chien de compère Guilleri, suggéra diplomatiquement le plus grand.

— Non, non, s'entêta le petit, la maîtresse l'a fait écouter, c'est une chanson. »

Il fallait vérifier. On alla chercher sur Internet. On trouve tout sur Internet. Il y avait bien Titicarabi. C'était une chanson en effet.

« Bon, dit mon fils qui ne voulait pas me faire de peine, au Rwanda, c'est un chien, maman, en France, c'est une chanson et tu ne dis plus que je suis Titicarabi.

— Je te le promets : jamais plus je ne t'appellerai Titicarabi. »

Je n'étais pas trop certaine de tenir ma promesse.

La vache du roi Musinga

« *Yampaye inka Musinga!* — Ô toi, Musinga, qui m'as donné une vache! » ne cessait de s'exclamer à tout propos mon grand-père, et la reconnaissante ferveur avec laquelle il invoquait le roi déchu ne manquait pas d'étonner la lycéenne que j'étais alors. Jurer par le nom de celui qui vous avait donné une vache et était devenu par là même votre patron, votre protecteur, auquel, en retour, vous deviez respect et service, était chose coutumière dans le Rwanda ancien. Une telle exclamation marquait l'étonnement, l'admiration, l'incrédulité devant quelque chose d'inattendu, d'extraordinaire, et pouvait-il y avoir événement plus extraordinaire pour un Rwandais que le don d'une vache? Proclamer à haute voix le nom de celui qui vous avait accordé une telle faveur, c'était aussi montrer sous quel haut patronage vous étiez désormais placé, et la plus haute protection à laquelle vous pouviez prétendre était bien sûr celle du mwami lui-même, le roi qui détenait et distribuait toute puissance et richesse.

« Veux-tu bien te taire, se lamentait grand-mère quand elle l'entendait prononcer le nom de Musinga, le pauvre Musinga, tu sais bien qu'il est mort il y a longtemps, là où les Belges l'avaient enfermé, loin du Rwanda, chez les Congolais et, si on entend ce nom sortir de ta bouche, tu risques d'avoir des ennuis avec le chef de cellule et cela peut aller jusqu'au bourgmestre. Ne compte pas sur tes cheveux blancs pour te sauver. On ne respecte plus rien aujourd'hui. Tu auras droit à la chicotte comme un petit voleur sur le marché. Pense à ta petite-fille qui fait de grandes études au lycée, cela peut lui porter tort. Combien de fois faudra-t-il te le répéter : il n'y a plus de roi ! Regarde la photo de celui que le bourgmestre nous a fait accrocher : est-ce qu'il a l'air d'un roi ? »

Chaque soir, avant le coucher du soleil, mon grand-père faisait la toilette de sa vache. Il s'attardait à lisser tendrement sa robe et n'hésitait pas à sacrifier un régime de bananes pour obtenir du voisin une boule de beurre rance dont il lui oignait le poitrail. C'était son unique vache, il n'en avait pas d'autres. Son troupeau, et avec lui, sans doute, la descendance de la vache royale, les Hutu s'en étaient emparés au nom de la demokarasi du peuple majoritaire. Ils avaient tué toutes les bêtes et en avaient fait un interminable festin.

« Pourquoi ne m'ont-ils pas tué aussi, maugréait grand-père, un Tutsi peut-il vivre sans ses vaches ? »

De longues années pourtant, il avait survécu sans même posséder une vache. Et puis, un jour, une de ses filles qui s'était exilée et avait trouvé du travail comme enseignante à Bukavu avait réussi à lui faire parvenir un peu d'argent.

« On va pouvoir acheter des tôles pour le toit, avait dit grand-mère.

— On va d'abord acheter une vache, avait répondu grand-père, je ne veux pas mourir sans avoir encore entendu meugler une vache dans mon enclos. »

Grand-mère n'avait pas insisté : elle savait bien, elle aussi, que, pour l'honneur de la famille et la paix des ancêtres, il valait mieux avoir une vache dans sa cour que quatre plaques de tôle au-dessus de sa tête.

Grand-père était parti au marché de Rubona où l'on vendait le bétail. Il y était resté trois jours à observer, palper, comparer, discuter, marchander et avait fini par ramener une vache qui occupait désormais ses journées et ses nuits et sans doute la plupart de ses pensées.

Après avoir prodigué le plus longuement qu'il pouvait les soins méticuleux à sa vache, lui avoir susurré des mots tendres à l'oreille, lui avoir dédié un poème dont je ne parvenais pas à comprendre les mots obscurs, grand-père s'asseyait sur le siège bas qui était celui du chef de famille, l'unique siège de la maison, les autres membres de la famille prenant place sur des nattes. Il allumait sa pipe et contemplait sa vache qui broutait une petite botte d'herbes fraîches qu'il m'avait envoyée cueillir.

*

Le respect que je lui devais, la crainte de raviver une douleur toujours lancinante m'avaient interdit de lui poser la question : « Grand-père, Musinga, le roi, il t'a vraiment donné une vache? » Pourtant, un soir, c'était, je crois, à la veille de mon départ pour le lycée, poussée sans doute par la crainte de ne plus le revoir, je me décidai à lui poser la question :

« Grand-père, raconte-moi, Musinga, comment t'a-t-il donné une vache?

— Umuhoza, ma petite-fille, puisque tu es bien pour moi Celle-qui-console, je dois te le dire. Retiens bien cela dans ton cœur, mais ne le répète à personne, au lycée, d'autres pourraient te vouloir du mal, mais un jour peut-être, puisque tu vas à l'école des Blancs, tu auras à l'écrire. Les jeunes d'à présent, ils n'ont plus de mémoire, ils écrivent...

« Yuhi Musinga[1], il est venu chez nous, sur notre colline, et nous avons partagé l'hydromel qu'avait préparé ta grand-mère. Le grand ficus que tu vois sur la pente de la colline, c'est là qu'on avait construit son palais pour la nuit, un piquet de l'enclos a pris racine et il est devenu le grand arbre que tu vois. Personne n'a osé l'abattre. Au retour des champs, les mères donnent le sein à leur bébé sous son ombre de bon augure. Les Hutu en ont peur, ils ne savent plus pourquoi. Quand le roi est venu, j'étais encore jeune, je venais juste de me marier, j'étais le dernier de ma famille, mes sœurs étaient mariées, mes frères étaient à l'école des Blancs. Le chef était venu dire à mon père : "Haguma, tes garçons, il faut les envoyer à l'école des Pères, je veux que l'administrateur belge dise que ceux que je gouverne sont civilisés." Mes grands frères sont partis à l'école des Blancs. Ils sont devenus des secrétaires, des clercs, des sous-chefs et quelques-uns même des chefs comme les aimaient les Belges. C'est ce qu'ils sont devenus : ils se sont habillés comme des Blancs, le soir, ils ne sont plus allés à la veillée des vieux chefs, ils sont allés boire de la bière, de la Primus, avec l'administrateur. Ils se sont fait baptiser pour plaire aux Blancs. Les vieux chefs, les bien nés, ils les détestaient parce qu'ils prenaient leur place, le peuple les détestait parce qu'ils le forçaient à travailler, pas le travail qui fait honneur, le mauvais travail des Blancs, l'akazi... Mais ma mère a dit : "Nkomayombi, lui, il reste avec moi. Le cadet, c'est pour les vieux jours des parents. C'est bucura : Celui-sur-lequel-on-se-repose."

« Alors je suis resté dans l'enclos. Après la mort de mon

père, j'ai pris soin de ma mère : c'est le devoir du cadet. Je suis resté dans l'enclos familial avec les vaches qui me revenaient. J'ai agrandi le troupeau. À cette époque, on aimait encore les vaches, plus que le papier que vous donnent les Blancs parce que vous êtes allé à l'école.

« À cette époque aussi, les Blancs ont dit au roi : "Sors de ton palais, sors de Nyanza, va rendre visite à tes chefs et à ton peuple que l'on civilise. Va admirer tout ce que nous avons fait pour ton Rwanda : des routes, des ponts, de vraies maisons solides, des dispensaires, des prisons, tout ce qui est civilisé. Va dans les églises où grâce à nos missionnaires ton peuple prie maintenant le vrai Dieu. Va saluer et remercier les administrateurs et les bons pères qui peinent pour sortir ton pauvre peuple de l'ignorance et du paganisme, va encourager et récompenser les bons chefs, ceux que nous avons éduqués, qui n'ont qu'une femme et qui font planter le café et le manioc."

« Musinga a répondu : "Je suis le mwami, le Rwanda m'appartient, je suis le Rwanda, tout le peuple m'appartient, qu'il vienne à moi comme il l'a toujours fait, qu'il apporte ce qu'il doit à un roi et j'accomplirai les rites et je donnerai la pluie et l'abondance et les Rwandais auront des vaches, beaucoup de vaches, beaucoup d'enfants, des guerriers ! C'est pour cela qu'ils ont un mwami."

« Mais les Blancs n'ont rien voulu entendre, ils ont dit à Musinga : "Il faut que tu ailles à Kigali, c'est notre capitale, nous voulons te voir dans notre capitale, elle n'est pas en paille comme la tienne à Nyanza, elle est solide comme un rocher." Pour aller de Nyanza à Kigali, il faut traverser la Nyabarongo. Tu sais que les rois qui portent le nom de Yuhi ne doivent pas traverser la Nyabarongo. Les Kigeri, les Mibambwe, ils vont là où ils veulent, ils attaquent les pays rebelles, les ennemis du Rwanda, ils razzient leurs vaches, les Yuhi, eux, ils restent à l'intérieur de la grande boucle de la Nyabarongo, au Nduga. Ne me demande pas pourquoi : c'est le secret des rois[2]. Mais les Blancs ont enfermé le Yuhi Musinga dans leur automobile, il n'y en avait pas beaucoup en ce temps-là au Rwanda, moi, je n'en avais jamais vu, et j'aurais eu peur si un Blanc m'avait fait monter dedans ! Est-ce que Musinga a eu peur ? C'est le roi, je ne peux pas le savoir. Alors l'automobile des Blancs a traversé la Nyabarongo avec Yuhi Musinga dedans. À Kigali, les Rwandais ont applaudi le roi, les évolués surtout parce qu'un Yuhi avait bravé les interdits et avait traversé la Nyabarongo. En fin de compte tout le monde avait peur. Qu'est-ce que le Rwanda allait devenir maintenant qu'un Yuhi avait traversé la Nyabarongo ?

« Ensuite, comme les Belges le lui avaient ordonné, Musinga est parti visiter les chefferies et les sous-chefferies. Il a refusé l'automobile des Blancs. Il ne voulait que sa litière de bambou, il voulait que ce soient ses Batwa qui le transportent sur leurs épaules. Il est venu ici, dans la sous-chefferie de Bitota. C'était au début de la saison sèche. Pendant la veillée, un voisin a annoncé : "Je viens de chez Bitota, il m'a dit que le mwami va venir, il logera chez Bitota qui a une maison comme les Blancs et il ira saluer l'administrateur." Bitota, on ne sait de qui il était, mais il venait de l'école des Blancs à Nyanza, il était de ceux qu'on appelait les abakarani, les secrétaires, parce qu'ils passaient leur temps à écrire dans de grands cahiers pour plaire à l'administrateur et qu'ils portaient sous leurs pagnes blancs des shorts, des ikabutura, avec des poches sans fond pour y engloutir nos pauvres sous. On les reconnaissait de loin perchés sur leur vélo. Bitota était devenu sous-chef : c'était lui qui commandait après les Belges, il faisait ce qu'il voulait parce qu'il faisait la cour à l'administrateur que tout le monde appelait Gisura, l'Ortie... Bon, tout cela, c'était il y a si longtemps, comprends-tu au moins ce que je raconte ?

— Oui, grand-père, raconte-moi encore.

— Donc le voisin avait dit : "Le chef veut que vous alliez saluer le mwami devant sa maison de brique. Il a dit : 'Vous frapperez dans vos mains comme on doit le faire pour le mwami, mais pas trop fort, pas trop longtemps.' Les Belges n'aiment plus Musinga et les Pères non plus parce que c'est un païen et Bitota a dit qu'il mettrait son costume d'Européen pour lui montrer qu'il est un évolué et parce qu'il sait que Musinga prendra cela comme un affront et que cela le mettra en colère."

« Nous, sur notre colline, ceux qui avaient des vaches et les autres, on était bien décidés à aller applaudir Musinga, c'était toujours notre roi. Mais on n'est pas allés chez Bitota. Écoute bien : des gens sont venus discrètement de Nyanza. Ils m'ont dit : "Le mwami va venir mais il ne veut pas dormir chez Bitota, c'est son ennemi. À Nyanza, à l'école des chefs, il faisait partie de ceux qui chantaient des cantiques à tue-tête autour de l'enclos du roi pour troubler la veillée de la Cour. Musinga ne veut pas entrer dans sa maison de Blanc. Alors il t'a choisi, toi, Nkomayombi, il connaissait ton père, il sait qu'il était fidèle à son mwami. Toi, tu n'es pas allé à l'école des Blancs comme tes frères. Musinga croit qu'il peut compter sur toi.

« — Le mwami peut me faire confiance. Je lui suis fidèle.

« — Alors voilà ce que tu vas faire. Musinga s'arrangera

pour arriver ici un peu avant le coucher du soleil. Il plantera sa lance : 'Je suis chez moi ici : un roi ne voyage pas après le coucher du soleil.' Toi, tu vas rassembler tous les gens de la colline, les hommes, les femmes, les enfants, vous allez construire un palais pour la nuit. C'est ce que vous allez faire, vous, les gens de Gahembe : vous allez construire un palais pour le mwami du Rwanda. C'est ce qu'on doit faire quand le roi quitte sa capitale et c'est ce que vous devez faire, vous, les gens de Gahembe, et ce sera pour vous un grand honneur. Tu es jeune, Nkomayombi, mais je sais qu'on te respecte. Ton père était un notable. On m'a dit que tu sais prendre la parole à la veillée. Ta mère était suivante à la cour de la reine mère : elle connaît les bonnes manières. Commande à tous ceux de ta colline : au nom du mwami, on t'écoutera."

« C'est ce que j'ai fait. Tout le monde est venu de bon cœur. À cette époque, on savait construire vite une maison et, dans le marais qui n'était pas encore cultivé, il y avait tous les matériaux dont on avait besoin. On a tressé le toit et on a plié les grandes perches pour y poser le dôme qu'on a hissé au bout d'un piquet et ce ne sont pas les nattes qui manquaient. Une femme doit toujours avoir en réserve des nattes pour les hôtes qui peuvent survenir à tout moment. Honte sur celles qui n'ont pas de nattes pour le voyageur. Donc, en trois jours, tous les habitants de la colline et même ceux des collines voisines ont construit le gîte royal et aussi des petites huttes pour la suite. On a rassemblé toutes les vaches de la colline et celles des environs. On les a faites belles pour les présenter au roi. On les a ornées de feuillages et de fleurs pour que nous en soyons fiers quand elles défileraient devant Yuhi Musinga, notre hôte, sur notre colline, devant mon enclos. Personne n'avait oublié que c'est au mwami qu'appartiennent en fin de compte toutes les vaches. Et ma mère, ton aïeule, a préparé l'hydromel comme on n'en boit qu'à la Cour. Elle connaissait les secrets de l'hydromel du mwami, l'ubuki : qui les connaît encore aujourd'hui ?

« Le mwami est venu ici. Sur notre colline. Au loin, on a d'abord entendu les tambours. On a aperçu une petite foule qui venait vers nous. On a distingué les tambourinaires qui battaient les tambours qu'ils portaient sur leurs têtes, puis les dignitaires et les jeunes pages qui marchaient en dansant, les intore, et au-dessus de tous ces gens, sur sa litière, le roi Yuhi Musinga. Derrière venait la longue file des porteurs de bagages du mwami et le troupeau des vaches inyambo, les préférées de Musinga. Quand on a aperçu le cortège, on s'est précipités vers lui. Les femmes tendaient des petits bouquets d'herbe fine, l'herbe ishinge, elles poussaient des cris de joie ! Les hommes battaient des mains et acclamaient le roi : "*Ganza umwami !* Règne ô roi ! Notre roi est le plus grand !" Les Batwa ont déposé la litière et le roi s'est avancé vers moi : "Tu es Nkomayombi, fils de Haguma, il fut mon fidèle serviteur et toi tu lui ressembles et je sais et je vois que tu m'es fidèle. Cette nuit, je prendrai mon repos sur ta colline et nous partagerons l'hydromel : je sais que ta mère en connaît le secret." Pendant qu'on dressait le lit du roi et que les bergers, après les avoir abreuvées, parquaient les vaches royales pour la traite, on a fait défiler les nôtres devant Yuhi Musinga comme il se devait. Il nous a félicités. Les jeunes filles de la colline ont dansé devant le roi et les jeunes gens ont repris leurs lances et leurs boucliers pour montrer leur vaillance.

« Quand la nuit est tombée, le mwami a invité les sages de la colline à partager l'hydromel dans le palais que nous avions construit pour lui.

« Quatre jeunes gens vigoureux ont déposé devant le foyer une cruche de la taille d'un homme, qu'on avait décorée d'une guirlande de feuilles de bananier. Musinga s'est adressé à moi : "Je sais que ta mère a préparé pour moi cet hydromel. Quand elle a été suivante à la cour de ma mère, elle a appris comment on prépare l'hydromel pour le roi. Ma mère l'a donnée à ton père pour épouse. C'était pour lui un grand honneur. Tu es Nkomayombi, ton père t'a bien nommé, tu fais honneur à ton nom : tu es bien Celui-qui-bat-des-deux-mains-pour-son-roi." Chacun à son tour a plongé le chalumeau dans la cruche d'hydromel puis Musinga a parlé, longtemps, comme s'il ne parlait qu'à lui-même : "Je crains que les Belges ne vous enlèvent bientôt votre mwami. Ils ne veulent plus de moi et mes plus grands ennemis, les missionnaires, et parmi eux, les plus puissants, ceux qu'écoutent le gouverneur et le résident, les Pères blancs, veulent me prendre le Tambour et leur chef[3] ne cesse de leur écrire qu'il faut un roi évolué et mieux encore un roi qui se fasse baptiser. Je suis peut-être votre dernier mwami. Je suis celui qui a accompli tous les rites qui incombent à un Yuhi. Après moi, il n'y aura plus de mwami. Et s'il en vient après moi, je crains que les rites soient délaissés et alors notre Rwanda s'écroulera et peut-être que le monde entier s'écroulera. À Nyanza, j'ai fait venir d'autres missionnaires, je voulais les entendre car ce sont les ennemis des Pères blancs. Ils disent aussi que le monde va périr[4]..." Nous ne savions que dire. Il me semble que, sous son voile de perles, j'ai cru voir couler des larmes sur le visage de Musinga. J'ai dû me tromper : est-ce qu'un mwami peut pleurer ?

« Le lendemain matin, Musinga est sorti de son palais vêtu comme un Blanc ! Il portait un uniforme militaire bleu avec des galons et un casque blanc comme l'administrateur. Il est parti sans nous saluer, à pied, vers la maison en brique de Bitota et les bureaux de l'administrateur. Je ne l'ai pas suivi, personne de Gahembe ne l'a suivi. Les serviteurs du roi Musinga ont aussitôt détruit le palais d'une nuit et les petites huttes. Ils ont oublié quelques piquets. On n'y a pas touché. L'un d'eux a pris racine : il est devenu le grand arbre que tu vois.

« Le cortège s'est éloigné, a disparu. Mais quelques bergers étaient restés en arrière. Ils sont entrés dans ma cour. Ils avaient une génisse inyambo : "Voilà ce que Musinga t'a réservé, une vache de son troupeau. Tu l'appelleras Iriza, la Féconde. Mais en retour, le mwami attend de toi une cruche d'hydromel. Va à la Cour, à Nyanza."

« Peu de temps après, l'administrateur et le sous-chef ont convoqué toute la population. L'administrateur a fait un petit discours que nous n'avons pas compris. Puis Bitota a pris la parole : "Nous avons un nouveau mwami, Musinga n'est plus digne du Tambour. Les temps ont changé. Acclamons notre nouveau roi, Mutara Rudahigwa, fils de Musinga[5]..."

« Nous nous sommes inclinés et nous avons battu des mains en acclamant : "Vive le nouveau mwami, vive le mwami que nous ont donné les Blancs !"

« On a mis bien longtemps pour apprendre ce que les Belges avaient fait de Musinga. Si l'on posait la question à

Bitota, il faisait semblant de ne pas avoir entendu ou bien il répondait : "Allez demander cela aux Belges, ce sont eux qui lui ont enlevé le Tambour." Puis les rumeurs nous assaillirent de tous côtés comme de mauvais frelons. Les uns disaient : "Ils l'ont expulsé au Burundi comme pour Gashamura[6], le grand ritualiste qui détenait les secrets de la royauté, ils disaient de lui que c'était un sorcier qui s'était emparé de l'esprit du mwami." D'autres assuraient qu'on l'avait mis en prison, une prison construite exprès pour lui tout à côté de la maison du résident à Kigali. Quelques-uns prétendaient que les Blancs l'avaient empoisonné : "N'ont-ils pas empoisonné notre Rwanda depuis qu'ils ont trouvé le chemin du pays ? Les épidémies tuent nos vaches et nos enfants, la famine a dévasté le pays, il fallait pour finir qu'ils empoisonnent notre mwami et, s'il n'y a plus de mwami, c'est la fin du sorgho : il n'y aura plus de Rwanda."

« Enfin, les porteurs de nouvelles sont parvenus jusqu'à nous, à Gahembe. Ils nous ont appris que les Belges avaient exilé Musinga dans une région qui était bien au Rwanda, mais qui n'était plus tout à fait au Rwanda, où l'on ne parlait pas kinyarwanda, une région toute proche du Congo, comme si c'était déjà au Congo, au Kinyaga, chez les Bashi, à Kamembe. Et le pire, ajoutaient-ils, c'était que la chefferie est gouvernée par Rwagataraka[7], le plus grand ennemi de Musinga. Les Belges ont interdit à quiconque d'aller rendre hommage à Musinga. C'est pour cela qu'ils ont choisi Kamembe, au bord du lac Kivu, car il est très difficile de s'y rendre. Pour aller à Kamembe, il faut traverser la grande forêt de Nyungwe. Tu as entendu parler de la forêt de Nyungwe ? Tu ne peux pas pénétrer dans la forêt de Nyungwe. Les grands singes qui y habitent ne te laissent pas y pénétrer, c'est leur domaine, ils attaquent, pillent et violent tous ceux qui s'y risquent. Et puis il y a les léopards qui te guettent et des serpents dans les branches qui crachent leur venin dans tes yeux et d'autres qui rampent dans les herbes sous tes pieds, on dit même qu'il y a des éléphants, plus petits peut-être que ceux du Bugesera, mais malheur à toi si tu empruntes leur sentier ! Il y a bien une piste qui traverse la forêt, une seule, mais les hommes de Rwagataraka ont dressé une barrière ; celui qu'ils soupçonnent d'aller chez Musinga, ils ne le laissent pas passer : ils le battent, lui confisquent ses bagages et les présents qu'il allait offrir au roi. Kamembe, c'est pire qu'une prison, personne ne peut y aller rendre hommage au mwami : c'est comme si on l'avait jeté de l'autre côté du lac.

« Moi, j'écoutais ceux qui parlaient ainsi, je ne disais rien. Mais j'étais toujours résolu à faire ce que je devais au mwami Yuhi Musinga : lui apporter une cruche d'hydromel.

« J'ai dit à ma mère :

« "Prépare-moi une cruche d'hydromel."

« Elle a bien sûr compris.

« "C'est pour Musinga ?

« — C'est pour le mwami : il m'a donné une vache."

Ma mère s'est donc mise à préparer l'hydromel en se lamentant bien haut sur les malheurs que ne manquerait pas d'attirer sur moi et sur toute la famille la boisson royale. Je savais bien sûr à quels dangers j'allais m'exposer mais j'étais jeune et je me réjouissais de jouer un bon tour aux Blancs et à ceux qui couraient derrière eux comme une meute de petits chiens affamés. D'ailleurs, j'avais mon plan. Il n'était pas question de passer par la forêt. Non seulement il y avait les animaux sauvages mais, surtout, Nyungwe, c'est une haute montagne et, pour la franchir, il faudrait escalader des crêtes, descendre dans des ravins profonds, remonter des pentes abruptes, et tout cela pour se perdre sous les arbres là où il fait plus noir que par une nuit sans lune. Il ne me restait plus qu'à passer par la piste. Mais là, comme on me l'avait dit, les hommes de Rwagataraka contrôlaient tous ceux qui se dirigeaient vers Kamembe et sans doute les Belges eux aussi surveillaient les voyageurs, pourtant ils ne pouvaient interdire à tout le monde de continuer son chemin, il fallait bien qu'ils laissent passer ceux qui revenaient du marché de Gikongoro ou allaient à celui de Cyangugu et surtout ceux qui allaient travailler au Congo, à Costermansville qui n'était pas encore Bukavu.

« J'avais donc décidé de me faire passer pour un colporteur, un umuyangayanga. Toi, Umuhoza, tu es trop jeune, tu n'as pas connu ça. Les abayangayanga, c'étaient des commerçants qui allaient de colline en colline. Ils disaient qu'ils venaient de Zanzibar, tout ce qu'ils vendaient, assuraient-ils, venait de Zanzibar. On entendait de loin le tintamarre que faisait leur grand sac qui contenait leur marchandise (et je crois qu'ils le secouaient pour signaler leur arrivée), et aussitôt les femmes abandonnaient leur houe, dénouaient le nœud de leur pagne et défroissaient avec appréhension le petit billet qu'elles avaient conservé roulé en boule. Déjà le colporteur avait étalé ses marchandises dans la cour : des marmites en métal, des houes, des cadenas avec leurs clés, des anneaux de chevilles, des colliers de perles de toutes les couleurs, des petits flacons d'huile d'arachide pour les cheveux et le visage des enfants, des médicaments dans des petites boîtes d'allumettes, que sais-je encore ? On s'installait pour marchander le plus longtemps possible. C'était une belle journée de loisir pour les femmes, la venue du colporteur ! Nous, les hommes, cela ne nous intéressait pas. Ce sont les femmes qui tiennent la bourse... Bon... Donc, je suis allé chez un de mes frères qui habitait Astrida, il était secrétaire chez les Pères. Je lui ai expliqué mon projet. Je voulais qu'il m'aide à acheter tout ce qui pouvait me faire passer pour un umuyangayanga. Il m'a traité de fou, mais, comme c'était mon frère, il a bien été obligé de m'aider. Il a envoyé son boy pour acheter tout ce que vendait un colporteur et une grande sacoche pour mettre tout ça dedans. Mon frère a bien ri quand il m'a vu habillé comme un Swahili dans une longue robe blanche et avec une calotte de mahométan sur la tête. Il m'a examiné longtemps et il a conclu : "La robe est un peu courte, mais on ne peut pas se tromper, on dirait vraiment que c'est un Tutsi qui vient tout droit de Zanzibar !"

« J'ai pris la route de Gikongoro. J'avais plié ma robe de swahili dans la sacoche en attendant de la mettre juste avant la barrière que gardaient les hommes de Rwagataraka. Trois fois, on m'a offert l'hospitalité pour la nuit. Mes hôtes regardaient avec curiosité ma sacoche mais ne posaient pas de questions, tu sais bien qu'on ne pose pas de questions à un voyageur. Le troisième jour, alors que se rapprochaient les montagnes couvertes de la grande forêt, j'ai passé la robe swahili. Je suis arrivé à la barrière qui fermait la piste. Elle était gardée par une dizaine de Hutu armés de gros bâtons, de machettes et de lances. Un grand Tutsi les commandait. Devant la barricade de branchages, il y avait une cohue d'hommes et de femmes chargés de régimes de bananes ou de paniers sur leur tête. Ils passaient un à un devant les gardiens qui les examinaient plutôt distraitement, plaisantaient avec certains et demandaient à tous un petit droit de passage : une main de bananes, un petit panier de patates douces pour ceux qui allaient au marché et quelques piécettes pour ceux qui en revenaient. Je me suis mêlé à la foule espérant ne pas me faire trop remarquer mais, quand je suis arrivé à la barrière, le chef des gardiens s'est dirigé vers moi :

« "Qu'est-ce que c'est que ça ! Qui es-tu, toi ?"

« J'ai répondu : "Tu vois bien, je suis un colporteur, je vais au marché de Cyangugu."

« Il a éclaté de rire et il s'est mis à me parler en swahili. Je n'ai rien compris, est-ce qu'on parle swahili quand on possède des vaches ?

« Il riait de plus en plus fort : "Un umuyangayanga qui ne parle pas swahili, jamais vu ça ! Et tu vas peut-être me dire aussi que tu viens de Zanzibar ! Regarde-toi, tu n'as même pas pu trouver une robe de Swahili à ta taille. Tu ressembles trop à un Tutsi pour faire l'umuyangayanga."

« Alors il a fait signe à deux de ses gardes de m'enlever ma robe et ils se sont mis à me frapper avec leur bâton. Les autres ont vidé ma sacoche et se sont partagé la marchandise.

« "Regardez, a dit l'un d'eux en découvrant la calebasse d'hydromel, ça, c'est la boisson du roi, c'était pour Musinga, c'est un rebelle, il allait faire sa cour à Kamembe. Il faut l'emmener chez les Belges.

« — Attendez, a dit le chef, je veux d'abord savoir qui il est."

« Les gardes avaient cessé de me battre et m'avaient attaché les mains dans le dos. Le chef s'est adressé à moi :

« "Et toi, dis-moi comment tu t'appelles, de qui tu es ?

« — Je m'appelle Nkomayombi, mon père c'est Haguma, de Kabugu, de Kitatire. Musinga m'a donné une vache, je lui apporte ce que je lui dois en retour."

« Le chef des gardes a réfléchi un long moment puis il a fini par me dire :

« "J'ai connu ton père, c'était un sage, je le respectais, je ne veux pas offenser son esprit, il pourrait se venger, tu es son fils et je ne te veux pas de mal non plus. Mais tu es bien imprudent, à quoi te servira d'aller faire la cour à Kamembe sinon à aller en prison et à perdre tes vaches ? Va plutôt à Nyanza, on construit un palais en pierre pour le nouveau roi, apporte-lui ton hydromel, dis-lui que tu vas planter du manioc, le nouveau roi, on l'appelle le roi du manioc, et surtout va chez les Pères, fais-toi baptiser comme va le faire Rwagataraka, et moi aussi j'irai au catéchisme puisque mon chef y va : tu sais, ce sont les missionnaires qui sont les plus puissants maintenant ! Tu es jeune, il n'y a rien à espérer pour toi à Kamembe, que du malheur pour toi et ta famille."

« Il a ordonné de me détacher et m'a dit :

« "Je ne veux pas que ces Hutu maltraitent le fils de Haguma, va-t'en, cours, je ne t'ai pas vu."

« J'ai repris en boitillant la direction de Gikongoro, je traînais comme je le pouvais toutes les souffrances de mon corps et je tremblais de rage impuissante. J'ai pensé un instant à faire demi-tour, à passer coûte que coûte par la forêt. Mais je n'en avais plus la force et puis je n'avais plus rien à offrir au roi. Peut-on se présenter devant le mwami si on n'a rien à lui offrir ? J'étais à moitié nu, je n'avais plus qu'un petit bout de tissu qui couvrait à peine ce qu'on ne doit pas montrer, j'avais honte et je ne voulais pas suivre la piste principale de peur qu'on se moque de moi. Alors j'ai pris des petits sentiers à travers les collines. Je ne savais plus où j'allais, où j'étais. J'évitais les habitations, j'étais certain que les femmes s'enfuiraient de peur en me voyant, que les enfants me poursuivraient en riant et me lanceraient des cailloux, que les hommes se jetteraient sur moi pour me livrer aux chiens ou bien au sous-chef qui m'enfermerait en prison. Je volais des patates douces dans les champs que je croquais crues. Au bout de trois jours, à bout de forces, je me suis jeté sous un grand arbre, je ne sais plus si je me suis endormi ou si j'ai perdu connaissance…

« C'est le parfum du lait qui m'a rappelé à la vie. J'ai ouvert les yeux. J'ai vu au-dessus de moi la voûte d'une hutte qui ne devait pas être bien grande, puis, comme dans un rêve, le visage d'une jeune femme, d'une beauté… comme si elle sortait d'un conte, qui me présentait un pot à lait.

« "Où… ?"

« La jeune femme ne m'a pas laissé le temps d'achever.

« "Bois, ne demande pas."

« J'ai vidé d'un trait le pot à lait qu'elle me tendait.

« "Qui… ?

« — Ne me demande pas. Il te faut du repos. J'ai vu sur ton corps… J'ai les herbes pour soigner tes blessures. Je crois savoir pourquoi tu as été battu mais tu n'as pas besoin de me le dire. Tu peux rester ici jusqu'à ce que tu sois rétabli. Ne me pose pas de questions. Ne te montre pas si survient un visiteur."

« Je ne sais combien de jours je suis resté chez cette généreuse jeune femme. Si je cherche à retrouver son visage, c'est comme quand on cherche à se souvenir d'un rêve qui toujours se dérobe, c'était une femme d'une beauté que je suis incapable de te décrire. Ce que je sais, c'est que c'est grâce à elle et à ses herbes que j'ai recouvré mes forces.

Elle ne m'adressait presque jamais la parole, c'était sa servante qui prenait soin de moi et je partageais pour dormir la petite hutte d'un jeune garçon qui aurait pu être son berger si elle avait possédé des vaches. J'ai pu tout de même remarquer ses manières distinguées, la noblesse de ses gestes et l'élégance de ses rares paroles. Elle avait un enfant, une petite fille, elle lui donnait le sein. Je n'osais pas lui poser des questions mais je ne comprenais pas pourquoi tout le voisinage venait, me semblait-il, déposer discrètement du lait et des vivres à l'entrée de l'enclos. Même des Blancs lui rendaient régulièrement visite : je n'ai jamais su si c'étaient des Belges de l'administration ou des missionnaires car, lorsqu'un étranger se présentait, je devais précipitamment me cacher dans la hutte du petit berger.

« Le jour où je me suis senti prêt pour le départ, la jeune dame m'a offert un pagne blanc et un bâton de berger pour ma dignité. J'ai compris plus tard que les remerciements et les dons que je lui promettais en retour de ses bienfaits étaient superflus. Le garçon m'a conduit jusqu'à la grande piste.

« J'étais un peu honteux de raconter à mon frère ce qui m'était arrivé sur la route de Kamembe sans avoir pu y parvenir. Pourtant, en fin de compte, il a paru soulagé : "On t'a roué de coups mais, au moins, on ne t'a pas jeté en prison et on n'a pas confisqué tes vaches. Maintenant, promets-moi de ne parler à personne de tes folies, à personne, tu m'entends !" Puis il m'a abreuvé de conseils : "Musinga, c'est fini, il ne reviendra jamais au Tambour. Il faut que, toi aussi, tu acceptes comme les autres le Rwanda que nous fabriquent les Blancs. Comme dit le cantique : 'Rien n'est plus comme autrefois. Tout a changé.' Tu n'es pas allé à l'école comme moi et tes frères, mais va chez les Pères, suis l'instruction du catéchisme, ils ne refuseront pas d'accueillir quelqu'un de bien né comme toi, un notable sur sa colline, ils aiment les Tutsi, fais ce qu'ils te disent, ils seront comme tes patrons, tu deviendras leur protégé, tu seras respecté et considéré par le sous-chef et l'administrateur, ils ne pourront rien contre toi, tu conserveras tes vaches. Mais j'ai quelque chose à te demander : la dame qui t'a si généreusement accueilli et soigné, tu en parles comme si elle sortait d'un conte, tu sais qui elle est, de qui elle est, tu connais son nom ?

« — Je ne sais pas. Elle ne m'a rien dit.

« — Tu ne sais pas ! Tu sors vraiment de ta brousse, dans quel monde vis-tu ! Eh bien, moi, j'ai deviné qui elle était, on ne parle que d'elle à Astrida, la femme qui t'a sauvé, c'est Musheshambuga, la fille de Musinga, l'épouse qu'a répudiée Rwagataraka[8] !"

« Toi non plus, Umuhoza, tu ne connais pas l'histoire de Musheshambuga : pourquoi la connaîtrais-tu ? c'est une vieille histoire. Il faut pourtant que je te la raconte : son histoire, c'est comme si c'était celle de toutes les malédictions qui pèsent sur le Rwanda. Donc Musheshambuga, c'était la fille dernière-née de Musinga. Je ne sais de laquelle de ses femmes. Musinga s'est cru habile en la donnant pour épouse à Rwagataraka qui ne cessait de comploter contre lui. Il croyait sans doute s'attacher ce traître. Rwagataraka avait toujours été du côté des Blancs. Il leur disait tout le mal qu'il pouvait de Musinga. Quand il est tombé malade, c'est un père qui l'a soigné et guéri. C'est peut-être cela qui l'a décidé à se faire chrétien. Il s'est fait instruire au catéchisme. Ses femmes ont suivi son exemple.

Musheshambuga aussi. Elle ne pouvait pas faire autrement. C'est le devoir d'une épouse de suivre son mari, elle n'est pas censée comprendre, elle ne pose pas de questions. Et quand Musinga a appris que sa fille voulait se faire baptiser, il a jeté sur elle toutes les malédictions qu'on puisse jeter sur son pire ennemi. On dit même qu'il lui a fait écrire une lettre où il lui disait qu'il maudirait tous ses enfants qui se feraient chrétiens, que, elle, il la haïrait comme le poison qui avait tué son frère, comme la méningite qui avait emporté ses deux premiers fils, qu'elle ne serait plus sa fille, qu'il ne la reverrait plus jamais[9]... Musheshambuga a continué à suivre son mari : une femme mariée n'appartient plus à son père, elle appartient au lignage de son époux. Mais quand Rwagataraka a voulu se présenter pour le baptême, les Pères lui ont dit : "Rwagataraka, ce n'est pas possible, les chrétiens n'ont droit qu'à une seule femme. C'est Jésus, notre chef, qui l'a dit. C'est dans notre Livre. Ne l'as-tu pas appris au catéchisme ? Rwagataraka, tu ne peux devenir chrétien avec tes cinq femmes. Tu en gardes une et tu renvoies les autres." Peut-être Rwagataraka a-t-il essayé d'argumenter : "Nous autres, les chefs, nous avons de nombreux domaines et dans toutes les régions du pays. Si je renvoie mes épouses, qui donc gérera mes domaines ? En qui puis-je avoir confiance sinon en mes épouses ? Un intendant, qu'il soit tutsi ou hutu, vous trahit toujours." Mais les Pères n'ont rien voulu entendre et Rwagataraka a dû répudier quatre de ses femmes et bien sûr, parmi elles, Musheshambuga, non seulement parce que c'était la dernière épousée, mais sans doute aussi pour faire affront à Musinga et pour ajouter à l'outrage fait au mwami, il l'a chassée honteusement, sans même lui assurer de quoi subsister pour elle et l'enfant qu'elle venait de mettre au monde. Elle serait morte de faim si ceux qui avaient encore un peu de cœur ne lui étaient venus en aide en cachette de Rwagataraka. C'était une honte pour tous de voir la fille de Musinga réduite à un tel état de misère, si bien que les Belges et les Pères, craignant le scandale et peut-être une révolte, lui ont fait bâtir, à l'écart de tous, à l'orée de la grande forêt, la petite hutte, celle où elle m'a hébergé. On a exigé des paysans du voisinage qu'ils lui fournissent juste de quoi se nourrir et je crois qu'ils l'ont fait sans rechigner, par respect pour le mwami. Les Belges la surveillaient. Les Pères la visitaient espérant aussi qu'elle se ferait un jour baptiser... Et puis les Blancs se sont à nouveau fait la guerre, toi qui vas au lycée, tu sais peut-être pourquoi les Blancs se font la guerre, ils ont exilé Musinga au Congo, il y a eu la grande famine, celle qu'on a appelée Ruzagayura, on dit que Mushesham-buga serait peut-être morte de faim, elle et sa petite fille... Mais qui les a vues ? Personne n'en sait rien... »

*

Grand-père s'était tu, il avait pris sa tête entre ses deux mains fripées et décharnées, et resta un long moment silencieux.

« Tout ce que je t'ai raconté, ce sont de vieilles histoires, qui s'y intéresserait encore aujourd'hui ? Umuhoza, enfouis-les au plus profond de ta mémoire ou jette-les au vent de l'oubli. Tiens : il est temps que tu allumes ma pipe. »

Je bourrai le fourneau de terre de la pipe, l'allumai avec un tison du foyer et en tirai, comme le veut la coutume, une première bouffée avant de la lui tendre.

« Regarde, dit mon grand-père, les paroles se dissipent comme la fumée du tabac. »

*

Je n'ai plus jamais revu mon grand-père. Mais souvent, je me plais à imaginer qu'il a été accueilli au paradis des Tutsi. Et là-haut, lorsque l'ange-berger a désenlacé la barrière de branchages qui fermait la porte de l'enclos et que, de son bâton, il lui a désigné le troupeau de vaches qu'il ferait paître dans les prairies célestes, grand-père s'est écrié : « *Yampaye inka Musinga !* — Ô toi, Musinga, qui m'as donné une vache ! »

NOTES À L'ATTENTION DU LECTEUR CURIEUX

1. Musinga (?-1944) est porté au « Tambour » en 1896 grâce à un coup d'État organisé par sa mère Kanjogera et les deux frères de celle-ci, au cours duquel le roi légitime, Rutarindwa, est assassiné. Il prend le nom de règne de Yuhi (voir note suivante). Privé peu à peu de ses prérogatives par les colonisateurs allemands puis belges, et refusant de se convertir au christianisme, il est déposé en 1931 par les autorités mandataires belges et assigné à résidence à Kamembe à la frontière du Congo belge. En 1940, il est exilé à Moba, toujours au Congo belge, où il meurt en 1944.

2. Les rois du Rwanda (sing. *mwami*, plur. *bami*) se succédaient selon la titulature suivante : 1° Mutara (ou Cyirima) ; 2° Kigeri ; 3° Mibambwe ; 4° Yuhi. Les premiers et derniers rois du cycle, Mutara (ou Cyirima) et Yuhi devaient rester confinés à l'intérieur du pays : appelés « rois vachers », leur règne était consacré à la fécondité humaine et bovine. Les rois portant le nom de Kigeri et Mibambwe, considérés comme rois guerriers, n'étaient soumis à aucune contrainte territoriale.

Les Yuhi ne devaient pas franchir la rivière Nyabarongo qui décrit une grande boucle au centre du Rwanda. Ils jouaient un grand rôle rituel et mystique, et devaient raviver le feu de Gihanga, le fondateur mythique du Rwanda, qui assurait la pérennité du royaume.

Cette titulature semble avoir été fixée sous le règne du roi Rujugira au milieu du XVIIIe siècle.

3. Il s'agit de Mgr Léon Paul Classe (Metz, 1874 - Bujumbura, 1945). Entré chez les Pères blancs, il est ordonné prêtre dans la

cathédrale de Carthage, le 11 mars 1900. Il rejoint bientôt le Rwanda où il fonde plusieurs missions. Sacré évêque en 1920, il devient le premier vicaire apostolique du Rwanda. Établi à Kabgayi, au centre du pays, il adopte pour stratégie missionnaire la conversion des chefs tutsi, qui entraînera le reste de la population. Le roi Musinga refusant de se faire baptiser, il encourage le gouverneur Voisin à le destituer et mène en Belgique une violente campagne de presse contre le souverain rwandais.

4. Pour tenter de contrer l'influence grandissante des missions catholiques et du vicaire apostolique, Mgr Classe, Musinga invita à la Cour un prédicateur des adventistes du Septième Jour qui avaient la réputation de s'opposer à certaines mesures coloniales. Il donna l'ordre aux notables de venir écouter ses sermons.

5. Déposition de Musinga. Musinga quitta Nyanza le 14 novembre 1931 au matin en compagnie de sa mère, de ses sept épouses et de ses enfants. Pendant la nuit, les militaires belges avaient saisi les tambours royaux dont il refusait de se séparer. La caravane qui comprenait quelque sept cents personnes, dont quatre cent cinquante porteurs, mit une semaine pour parvenir à Kamembe, important marché sur la rive sud du lac Kivu, dans la banlieue de Cyangugu. Kamembe est séparé du Rwanda central par une vaste étendue de forêt tropicale de montagne, la forêt de Nyungwe, maintenant parc naturel. Kamembe avait été choisi comme lieu d'exil parce que sa situation géographique rendait difficile pour ses anciens sujets d'apporter leur tribut à Musinga et à celui-ci d'intervenir dans les affaires de la cour du nouveau roi.

6. Gashamura, à la tête du clan des Batsobe, était le ritualiste principal (umwiru) à la cour de Musinga. L'une de ses fonctions consistait en l'organisation et la célébration de la fête annuelle des prémices du sorgho (umuganura) par laquelle le mwami assurait la prospérité du pays. Tout le Rwanda participait avec

ferveur à ces festivités qui célébraient la puissance rituelle du roi. Considéré par les Belges et les missionnaires comme un dangereux sorcier qui renforçait Musinga dans son refus de se convertir, il fut jeté en prison en janvier 1925 et exilé au Burundi au mois de mars suivant.

7. Si Bitota est un personnage de fiction, Rwagataraka est bien quant à lui un personnage historique. Chef de la région du Kinyaga, au sud-ouest du Rwanda, il appartenait à un important lignage du clan des Abega qui avait puissamment aidé à porter Musinga au pouvoir. Pourtant Rwagataraka entretint toujours de très mauvaises relations avec le mwami qui était son petit-cousin. En 1916, son père Rwidegembya ayant été mis en prison, il alla pour obtenir sa grâce auprès des Belges accuser Musinga d'être toujours en relation avec les Allemands et de cacher un de leur messager à la Cour. Musinga fut arrêté mais rapidement libéré, l'accusation s'étant révélée fausse. Sous le mandat, Rwagataraka collabora étroitement avec les Belges et fut considéré comme un chef « éclairé ».

8. La répudiation de Musheshambuga, fille de Musinga, par Rwagataraka est historique. L'hypothèse de sa mort durant la famine des années 1942 et 1943 est de pure fiction.

9. Lettre que Musinga aurait écrite à sa fille et qui a été publiée, en français, par le chanoine Louis de Lacger, dans son ouvrage *Ruanda, T. 2, Le Ruanda moderne,* Grands Lacs, Namur, 1939, pp. 188-189.

Le Malheur

Au Rwanda, comme dans le reste du monde, le Malheur tisse inlassablement la trame de la vie humaine : la mort frappe les petits enfants, la peste décime les vaches, la sécheresse provoque la famine, la guerre ravage les collines. Bien sûr, on voudrait savoir d'où provient le Malheur et surtout qui nous l'envoie. Les suspects sont nombreux. Il y a évidemment les empoisonneurs, les sorciers comme disent les Européens, ils jettent des sorts, confectionnent d'innombrables maléfices, ils empoisonnent tout ce que vous mangez, tout ce que vous buvez, tout ce que vous touchez, et voilà que les jeunes femmes deviennent stériles, les hommes impuissants, la maladie terrasse les plus vigoureux et leur fait désirer la mort qui ne saurait tarder. Mais il y a pire que le sorcier, parce que lui on le connaît ou on croit le connaître, on va même le consulter en cachette, il ne fait après tout que son métier : le voisin malveillant, lui, comment le reconnaître parmi tous ceux qui habitent à côté de vous sur la même colline, parmi ceux avec qui vous partagez la bière, à qui vous confiez vos enfants. Il est là, tout proche, celui qui vous poursuit de sa haine inassouvie, qui veut tirer vengeance d'un tort que vous lui avez causé et dont vous ne parvenez pas à vous souvenir, parce que ce méfait dont il vous charge a peut-être été commis par votre père, ou votre grand-père ou vos ancêtres, ou votre lignage tout entier... Et pendant ce temps, sans que vous puissiez rien y faire, les singes pillent vos greniers, la tornade emporte le toit de tôle dont vous étiez si fier, une toux brûlante consume votre fils…

Alors on peut toujours s'en prendre aux Esprits, surtout à ceux des défunts jamais satisfaits, et même accuser jusqu'au Maître des Esprits, si les Esprits ont un maître comme nous l'enseignent les missionnaires, un maître qu'ils appellent Dieu et auquel ils ont trouvé un nom rwandais, Mungu. Ils nous ont assuré qu'il était bon, qu'il ne connaissait pas le Malheur, qu'on ne pouvait rien lui reprocher, mais nous, les Rwandais, on a toujours été méfiants, on savait bien que nos dieux, les anciens Imana d'avant les Pères, ceux qui logeaient dans les arbres ou les moutons, les Imana du Rwanda, ils oubliaient souvent d'être bons, qu'ils n'étaient même parfois pas très différents du Malheur, voire même, mais on n'osait pas le dire tout haut à cause de leur vengeance, qu'ils faisaient eux-mêmes partie du Malheur. Alors ces Imana-là — et pourquoi le Mungu des Blancs serait-il différent ? —, on n'aimait pas trop qu'ils se préoccupent de nous, on espérait même qu'ils nous oublieraient un moment, qu'ils ne feraient plus attention à nous, et c'est pour cela que, dans les familles où il y avait eu trop de morts, on donnait aux enfants, pour qu'ils aient une chance de survivre, des noms qui montraient aux Imana que c'étaient des êtres sans importance, des avortons insignifiants, méprisables, répugnants, que ce n'était vraiment pas la peine que les Imana s'y intéressent puisqu'on les avait appelés Kabwa, Petit Chien, Ntakimazi, Je-sers-à-rien, Manuko, Ça pue, Mavyimavyi, Caca-caca, Ntazina, Je-n'ai-pas-de-nom…

Sur notre colline, le Malheur avait trouvé sa proie : l'élue s'appelait Anonciata. Certains en éprouvaient un lâche soulagement : au moins, pendant qu'il s'acharnait sur la pauvre Anonciata, le Malheur ne pensait pas à vous, mais bien vite on chassait cette mauvaise pensée de peur de la voir s'insinuer au détour d'une conversation avec les voisines. Anonciata, donc, avait eu quatre enfants : tous étaient morts. La mort des enfants ne surprenait personne. Beaucoup mouraient à la naissance, beaucoup d'autres quand ils cessaient de téter le sein de leur mère. On les pleurait comme il se devait mais leur mort faisait en quelque sorte partie du tribut coutumier qu'on devait payer au Malheur ; on disait même que chaque famille devait au moins un enfant aux Imana, c'était comme l'impôt que réclamaient les Blancs.

Mais on savait aussi qu'il y aurait assez de survivants qui seraient beaux et vigoureux : ce seraient nos enfants. Ce qui nous étonnait dans la mort des enfants d'Anonciata, ce qui nous remplissait de terreur, c'est qu'ils ne mouraient ni à la naissance ni au sevrage, non, ils mouraient quelques années plus tard, à l'âge de six ou sept ans, alors qu'on les croyait en pleine santé, qu'on félicitait Anonciata en lui affirmant que, cette fois, le Malheur l'avait abandonnée, qu'il avait fini par se lasser, qu'il était parti s'en prendre à quelqu'un d'autre, qu'elle aurait désormais de beaux enfants, des garçons, au moins sept, qu'elle pourrait alors porter le diadème de feuilles de maïs, l'urugori, qui couronne les mères fécondes qui sont respectées et honorées par tous. Et Mathilda, la voisine, citait sa mère qui avait mis au monde treize enfants et dont sept avaient survécu.

Avec la mort du cinquième enfant d'Anonciata, chacun eut le sentiment que le Malheur avait décidé de s'établir à demeure sur notre colline et qu'il menaçait tous ses habitants. Si l'on ne pouvait rien pour Anonciata, il y avait peut-être moyen d'éviter qu'il se propage. Il suffisait pour cela d'interdire tout contact avec elle, ne pas lui adresser la parole, ne rien partager avec elle, ni la bière, ni le feu, ni le sel et, puisqu'elle n'avait plus d'enfants et qu'on ne pouvait plus lui en prêter un, elle irait elle-même chercher son eau, ce qui est une honte.

D'ailleurs, elle n'avait plus de mari non plus. Du côté des hommes, autour de l'intarissable cruche de bière, on approuvait la conduite d'Anaclet : il était parti à Katumba, le camp où l'on recrutait des mineurs pour le Katanga. Il était robuste, il avait toutes chances d'être engagé. Il avait eu raison de fuir le Malheur même si certains estimèrent qu'il ne lui échapperait pas. Car, disaient-ils, ceux qui partent là-bas n'ont guère de chances d'en revenir. Au Congo, la plupart des Rwandais meurent de la fièvre ou pire encore se laissent envoûter par les sortilèges, les dawa, d'une Congolaise dont il est impossible de se déprendre, ce qui est bien le pire de tous les malheurs. Puis on passa à un autre sujet, à ce qui préoccupait vraiment les hommes, leurs vaches et, en ces temps-ci, elles leur donnaient bien du souci. L'administrateur avait parlé d'une épidémie de peste bovine ; les autorités avaient décidé de faire vacciner toutes les vaches. Fallait-il faire confiance aux Blancs qui connaissaient tant de choses étranges ; mais que connaissaient-ils aux vaches rwandaises ? Ne valait-il pas mieux cacher son troupeau ou le faire passer clandestinement chez les Anglais ? On n'arrivait pas à se mettre d'accord, la discussion n'en finissait pas... Une épouse apportait une nouvelle cruche de bière, puis une autre, puis une autre...

La quarantaine d'Anonciata durait depuis plus de six mois quand, dans l'arrière-cour de Mukagisabo, se réunirent quatre femmes puissantes toutes couronnées de l'urugori, craintes de leurs maris, chéries par leurs fils, secondées par leurs filles, écoutées par toutes les femmes de la colline, respectées par tous les hommes.

« Je vous ai réunies, toi, Mukandori, qui as trois fils à Kigali qui sont devenus des hommes d'importance, toi, Mukagatare, dont l'aîné, Anselme, est prêtre à Kabgayi chez Monseigneur, toi, Mukanyenyeri, qui proclames à qui veut l'entendre que l'école des Blancs est à l'origine de tous les maux, toi, Mukakigega, qui es la doyenne de notre colline et qui connais tout ce que la mémoire peut retenir de ce qui s'y est passé, je vous ai demandé de venir pour sauver, si on le peut, la pauvre Anonciata et surtout sauver notre colline de la menace que font peser sur nous tous ses malheurs. Il n'est plus possible de la maintenir en quarantaine comme si elle avait la peste : cela ne sert à rien. Nous ne pouvons pas continuer à nous voiler la face et nous ne pouvons rien attendre de nos hommes. Cela finira par nous attirer le Malheur au lieu de l'éloigner. Ce qu'il nous faut faire, nous autres qui sommes des femmes remplies de sagesse et d'expérience, c'est trouver la source du malheur dont Anonciata est la proie et alors il ne nous sera pas difficile de le contrer mais, s'il s'avère plus fort que nos remèdes, il sera malheureusement temps de bannir Anonciata de notre colline. Nous connaissons le chemin qui mène au Burundi... »

Il y avait aussi, assise un peu à l'écart, Mukamuswi qui était plus jeune que les matrones et que Mukagisabo avait invitée en tant que discrète voisine. Elle n'avait que deux filles, ce qui n'ajoutait guère à son prestige, et son avis, si on le lui demandait, ne compterait guère. Mais, bien évidemment, la plus élémentaire politesse exigeait qu'on invite la voisine à une réunion d'une si haute importance que, de toute façon, les autres femmes de la colline finiraient par connaître et commenter.

Comme il se devait, c'est la vieille Mukakigega qui prit d'abord la parole, elle qui était la mémoire de la colline, qui connaissait vos grands et arrière-grands-parents et même les ancêtres que vous ignoriez, qui connaissait tout ce qui était arrivé sur notre colline depuis le roi Rwabugiri, avant l'arrivée des Blancs. Elle dit :

« La famille d'Anonciata, elle n'est pas d'ici. Elle est arrivée avec le Malheur. Elle nous a apporté le Malheur. Vous autres, les jeunes, et même si vous avez des enfants, vous êtes trop jeunes et vous ne vous souvenez de rien, vous ne pensez qu'à vos pagnes et à vos champs de patates douces et à vos greniers de haricots et, toutes, vous vous vantez de faire la meilleure bière de sorgho de la colline. Mais moi je sais, alors écoutez donc la vieille Mukakigega, voilà ce que je sais.

« La famille d'Anonciata est arrivée lorsque les Belges ont chassé les Allemands. Ils venaient du Nord, de chez les Bakiga. C'est le roi Rwabugiri qui les avait nommés chefs chez les Bakiga, au pied des volcans. Le chef, c'était le grand-père d'Anonciata. Quand les Blancs se sont fait la guerre, on ne saura jamais pourquoi, Musinga s'est trouvé du côté des Allemands, il n'y pouvait rien. Ceux-ci ont dit aux chefs qui étaient près de la frontière : allez razzier les vaches chez les Anglais et les Belges, ils en ont beaucoup, montrez que vous êtes des braves guerriers. Est-ce qu'un Rwandais peut refuser de razzier les vaches des rebelles ? Ils sont allés récupérer les troupeaux des Anglais et des Belges, ils ont ramené beaucoup de vaches. Ils ne les ont pas toutes données aux Allemands qui payaient avec des roupies dont personne ne savait que faire. Mais quand les Belges ont attaqué, et ils étaient nombreux leurs soldats congolais, et ils avaient des canons, les Allemands se sont enfuis. Alors ceux qui avaient combattu pour eux les ont suivis. Et c'est comme cela que Ruhorahoza et sa famille et le peu de vaches qu'ils avaient pu sauver sont arrivés sur notre colline. Musinga leur a permis de s'installer. Et qu'est-ce qui est venu avec eux? Rumanura, la grande famine qu'on a appelée Rumanura. Derrière Ruhorahoza sont venus les gens du Nord, toute une foule qui mourait de faim chez elle, car les soldats congolais s'étaient jetés comme des sauterelles sur tout ce qu'il y avait à manger et, à notre tour, Rumanura nous a saisis et nos enfants sont morts, les yeux vides, leurs petits ventres gonflés comme des calebasses. La pluie ne s'est pas arrêtée de tomber, cela a duré longtemps, on a compté : deux récoltes de sorgho. C'était comme le déluge de Noé que racontent les Pères, à ce qu'on m'a dit. Après sont venues les maladies qu'on ne connaissait pas, celle qui vous vide les entrailles, celle qui vous ronge la peau et la fièvre qui vous tue en un seul jour. Oui, le Malheur a saisi le Rwanda tout entier. Le Malheur est venu avec les Belges et, sur notre colline, il est venu avec Ruhorahoza et ses descendants portent toujours le Malheur qui est venu avec eux et c'est Anonciata qui est à présent le porte-malheur et elle le répandra sur nous tous.

« Je vous le dis, moi, la vieille Mukakigega, chassez Anonciata de notre colline et le Malheur s'en ira avec elle. J'ai parlé : ayez la paix. »

Les femmes restèrent longtemps silencieuses, pesant les propos de la vieille Mukakigega... Puis Mukagatare prit à son tour la parole :

« Mukakigega connaît beaucoup de choses des temps anciens et, si on lui demandait la liste des rois depuis Gihanga, je suis certaine qu'elle la réciterait sans en omettre un seul, mais que sait-elle des choses d'à présent ? S'est-elle aperçue que les temps ont changé ? Que rien n'est plus comme avant ? Que sait-elle de ce que nous ont apporté les Blancs, de ce qu'ils nous ont appris ? Est-elle baptisée ? Non bien sûr ! Moi, je le suis, et toi, Mukagisabo, et toi, Mukandori, vous l'êtes aussi. Alors je vais vous dire d'où vient le Malheur comme nous l'ont appris les abapadri. Les bons pères, ils disent que leur dieu, le dieu des Blancs, Mungu, est bon, qu'il ne connaît pas le Malheur, qu'il ne veut pas apporter le Malheur aux hommes, mais ils disent aussi que Mungu a comme un frère dont il ne peut se débarrasser, il est comme son ombre, c'est lui qui cause tous les malheurs, il est le Malheur et malgré tout ce qu'a fait Yézu, le fils de Mungu, pour venir en aide aux hommes, il est toujours là. Les Pères l'appellent le diable, Shitani, le démon, le Malin. Moi, je vous dis, c'est le Grand Empoisonneur et il sera toujours là, aux côtés de Mungu. »

Mukagatare se tut un instant et ses compagnes jetèrent un regard inquiet vers les grandes cruches où fermentait la bière et derrière lesquelles, selon les contes, se dissimulent toujours les Esprits qu'ils soient bons ou mauvais.

« Mais, reprit Mukagatare, les Pères savent se défendre. Si le diable tourmente quelqu'un de trop près, s'il s'empare de lui et habite en lui comme Ryangombe le fait avec ses suppôts, ils ont un moyen de le chasser. C'est mon fils qui m'a révélé leur secret. Comme vous le savez, Anselme a été au séminaire, on l'a fait umupadri, comme un Blanc, alors les

Blancs, ils ont bien été obligés de lui livrer quelques-uns de leurs secrets. Et ils lui ont appris comment chasser le diable quand il s'est emparé de quelqu'un. Je crois que le diable est chez Anonciata, quelque part dans sa maison ou dans son ventre, je ne sais pas, mais mon fils, lui, le dénichera. Mon fils, c'est monsieur l'abbé Anselme du clergé indigène, je vais le faire venir de Kabgayi, dès qu'il le pourra, car c'est un secrétaire important auprès de Monseigneur. Dès que Monseigneur lui en donnera la permission, il viendra asperger la maison d'Anonciata et Anonciata elle-même avec l'eau des abapadri qui est un remède puissant. Le diable s'enfuira, il ne supporte pas cette eau-là, et avec lui le Malheur. Si le mari d'Anonciata revient en congé du Katanga, on lui dira qu'il n'y a plus rien à craindre, qu'il peut rester auprès d'Anonciata ou l'emmener avec lui au Congo, qu'il aura des enfants qui grandiront comme les autres, des garçons, oui, surtout des garçons. Voilà ce que j'ai dit, voilà ce qu'il faut faire. Ayez la paix. »

Comme pour confirmer son discours, Mukagatare fit tinter de l'index de sa main droite le pendentif de médailles et de petites croix qu'elle portait accroché à une cordelette d'herbes finement tressées et attendit manifestement l'approbation de l'auditoire, mais c'est Mukandori qui intervint alors :

« Le Malheur, Mukakigega a été le chercher dans le passé et Mukagatare est allée le traquer jusqu'au ciel. Mais moi, je vous le dis : le Malheur ne vient pas de si loin, il est tout près de nous. Il est dans le voisinage celui qui est la cause des malheurs d'Anonciata, c'est l'un d'entre nous, sur notre colline. Le Malheur, chez nous, il ne s'appelle pas le diable, il s'appelle la jalousie, la convoitise, le dépit, la rancœur. Et qui peut provoquer ces mauvais sentiments ? La richesse, la puissance, la beauté des uns que les autres n'ont pas. Mais la famille d'Anonciata n'est pas bien riche — nous ne sommes pas bien riches sur notre colline — et elle n'a plus aucun pouvoir. Certes certains peuvent leur reprocher d'être un peu arrogants : ils ont le tort de se souvenir que leurs grands-pères, autrefois, ont été chefs chez les Bakiga. Ils ne le sont plus et il n'est pas bon de se prévaloir d'une puissance qu'on a perdue. Mais ce n'est pas leur orgueil d'un autre temps qui a pu attirer le Malheur sur Anonciata et les siens, la seule richesse qu'on pouvait leur envier, c'était la beauté de leurs filles, et la beauté d'Anonciata a attiré sur elle le Malheur. Alors réfléchissez un peu, parmi ceux qui ont demandé Anonciata en mariage — et toutes les mères qui avaient un fils à marier n'ont-elles pas souhaité l'avoir pour belle-fille ? —, parmi tous les pères dont on a méprisé la dot, tous les prétendants éconduits, cherchez, cherchez, c'est là, j'en suis certaine, que se trouve l'empoisonneur. »

Mukandori tira une longue bouffée de sa pipe et considéra en silence l'intérêt que ses paroles avaient suscité chez ces auditrices.

Elle n'avait pas besoin d'en dire plus. Toutes savaient combien la compétition entre les prétendants, ou plutôt les mères des prétendants, avait été rude. Les parents d'Anonciata, Mariza et Kamanzi, avaient eu cinq enfants dont trois filles. Anonciata était la cadette. Les deux aînées avaient fait de beaux mariages : un moniteur et un agronome, rien que des évolués ! Mais Anonciata était bien la plus belle des trois et elle avait même été à l'école primaire, les trois premières années au moins, au village. Ses sœurs avaient eu des enfants, c'était un bon présage de la fécondité d'Anonciata, et Mariza et Kamanzi n'étaient pas à la recherche de prétendants pour leur fille : les mères de tous les jeunes gens à marier de la colline leur faisaient des avances et venaient leur vanter discrètement les avantages de leur fils. Les cruches de bière offertes s'accumulaient dans l'arrière-cour et on aurait dit que Kamanzi n'avait qu'à fixer le nombre de vaches qu'on était prêt à lui céder pour la dot de sa fille.

Cependant deux candidats à la main d'Anonciata finirent par prendre l'avantage. L'un d'eux était Anaclet, fils de Kabayiza. On lui donnait peu de chances. La famille n'était pas riche et on se demandait comment elle pourrait réunir la dot exorbitante que Kamanzi prétendait réclamer. Mais le bruit continuait à courir que les deux familles restaient toujours en discrètes négociations et qu'Anaclet avait l'audace de rôder autour de l'enclos de son éventuelle fiancée, ce qui scandalisait nombre de matrones. Elles prétendaient même — mais c'était sans doute pour se moquer de lui — qu'il s'était mis à composer des chansons qui n'avaient pour seul refrain que le nom d'Anonciata.

Le favori pour tous était Joséphin, fils de Karegeya. Sur la colline, Karegeya était une sorte de notable. Non pas qu'il possédât plus de vaches que les autres, non pas qu'il eût exercé une autorité particulière sur la population. Non, son prestige, il le tenait du fait qu'il était le seul possesseur d'objets indispensables à tous les habitants de la colline : les ingobyi.

L'ingobyi est une longue vannerie oblongue, légèrement incurvée, faite de lattes de bambou, qui sert au transport des personnes. C'était autrefois, avant d'être remplacée par l'automobile, la litière des rois, des reines et des chefs. C'est toujours le palanquin sur lequel la nouvelle mariée, gémissante et éplorée comme le veut la coutume, quitte l'enclos paternel pour celui de sa nouvelle famille.

Aujourd'hui, le plus souvent, c'est le brancard sur lequel la famille ou les voisins portent le malade jusqu'au dispensaire le plus proche quand les médications traditionnelles ont échoué et qu'on se résout à aller consulter l'infirmier qui vous donnera parcimonieusement quelques pilules que lui a laissées le médecin blanc.

Mais l'ingobyi, c'est aussi la civière dans laquelle le défunt accomplit son dernier voyage. Il est relégué dans une petite hutte au fond de l'arrière-cour à l'abri des regards. Pour le sortir, on n'emprunte jamais l'entrée principale car il faudrait alors traverser la grande cour où l'on rentre les vaches chaque soir, ce qui leur porterait malheur.

L'ingobyi des morts est voué à sa destination funèbre et ne peut être utilisé à d'autres fins, surtout pas au transport de la jeune épousée, même si rien ne le distingue des autres ingobyi ; celui qui prête un ingobyi pour le mariage — et c'est pour lui un honneur qu'il ne peut refuser — prendra évidemment bien soin de ne pas donner l'ingobyi destiné aux cadavres : ce serait appeler le Malheur sur la mariée et sa descendance.

Tout le monde était certain sur la colline que Kamanzi donnerait sa fille à Joséphin, le fils de Karegeya, mais à la surprise générale ce fut Anaclet qui l'obtint. Personne ne comprit pourquoi Kamanzi avait accordé Anonciata à celui qui offrait le moins de vaches. Peut-être, dirent certains, a-t-il voulu faire comme les Blancs qui, à ce qu'il paraît, laissent leurs filles mal éduquées épouser qui leur plaît. On désapprouva ce mariage mais personne n'alla en faire reproche à Kamanzi. On fit comme à tous les mariages : on dansa et on but beaucoup de bière et on souhaita à Anonciata, comme le voulait la coutume, de mettre au monde beaucoup d'enfants, des garçons surtout, beaucoup de garçons.

Les matrones connaissaient bien sûr toute l'histoire et elles comprirent bien vite où voulait en venir Mukandori :

« Alors tu crois que c'est Karegeya et Joséphin qui ont jeté un mauvais sort sur Anonciata pour se venger? demandèrent-elles en chœur.

— J'en suis certaine.

— Et tu sais comment il a fait? Il a payé un empoisonneur?

— Il n'en avait pas besoin. Il a tout ce qu'il faut dans son enclos.

— Et quoi donc?

— Mais vous ne réfléchissez donc pas? Qui sur notre colline possède les ingobyi? À qui va-t-on en demander un pour porter la mariée?

— Tu crois que Karegeya a donné l'ingobyi des morts pour transporter Anonciata!

— C'est ce que je pense. »

Toutes restèrent un long moment silencieuses, certaines invoquèrent Ryangombe en leur cœur, d'autres firent le signe de croix. Ce fut Mukanyenyeri qui alors prit la parole :

« Mukandori porte là une grave accusation contre Karegeya. Mais qui pourra prouver que l'ingobyi qui a transporté Anonciata pour son mariage était celui des morts? Pourquoi s'en prend-elle à Karegeya? Je le tiens pour un homme respectable; il est d'une bonne famille, ses ancêtres, autant qu'on s'en souvient, ont toujours vécu sur notre colline. C'est un homme apprécié de tous : il n'a jamais refusé ses ingobyi à quiconque : ni pour les mariées, ni pour les malades, ni pour les morts. Il a toujours prêté l'ingobyi qui convenait. Mukandori va chercher son histoire dans les contes mais nous ne sommes plus des enfants. Moi, je pense qu'il serait intéressant de regarder aussi du côté d'Anonciata et de son père. N'est-il pas étonnant qu'il ait donné sa fille à celui qui ne pouvait payer la dot qu'il demandait? On dit qu'il n'a pas reçu la moitié des vaches qu'il réclamait aux familles des autres prétendants. Cela a fait scandale dans toute la colline. Et pourquoi cela? À cause d'une des maladies — et elles sont nombreuses — que nous ont apportées les Blancs. Et celles-ci touchent nos jeunes gens et surtout nos jeunes filles. Nos enfants imitent tout ce que font les Blancs. À l'école, les moniteurs leur font lire, même aux filles, des contes de Blancs et vous savez ce qu'on raconte dans les contes de Blancs : que les garçons choisissent leurs épouses sans que les parents aient quelque chose à dire et que les filles choisissent les garçons qu'elles veulent épouser sans demander l'accord de leur tante paternelle. Ils prétendent qu'ils n'y peuvent rien, que leurs enfants sont malades, qu'il n'y a pas de remèdes. La maladie, ils l'appellent l'amour à ce qu'il paraît. "C'est normal : c'est l'amour", disent les parents des enfants blancs. Et nous, les mères rwandaises, nous n'aurions rien à dire? Et la famille dans tout ça? Et notre lignage dans tout ça? Et les vaches dans tout ça? Peut-il y avoir un mariage si la tante paternelle ne lui a pas donné sa bénédiction? C'est la tante paternelle qui fait les mariages. C'est sa bénédiction qui fait qu'ils seront féconds. Alors moi, je sais, Mukamugisha, la tante paternelle d'Anonciata, je la connais, on ne lui a rien dit, on lui a même caché jusqu'au bout les préparatifs de la noce, elle n'a pas béni les jeunes mariés. Peut-être qu'elle les a maudits ! Je vous le dis, mes sœurs, n'envoyez pas vos filles à l'école. Anonciata a été chez Théogène, le moniteur, pendant trois ans, elle a cru à ce que racontent les histoires des Blancs. C'est la malédiction qu'ont apportée les Blancs : c'est la Novation, la Novation qui vient de la ville, la Novation ! Le Malheur, oui ! Ayez la paix ! »

Mukagisabo, Mukandori, Mukagatare faillirent interrompre plusieurs fois Mukanyenyeri, ce qui, selon la politesse rwandaise, est une grave inconvenance. Elles la laissèrent donc aller jusqu'au bout de son discours mais, dès qu'elle l'eut achevé selon les formes, Mukagisabo intervint :

« Mukanyenyeri, tu es pire que Mukakigega. Pour toi aussi, le Malheur vient des Blancs. Il est vrai que les Blancs nous ont apporté bien des malheurs et j'ai peur qu'ils nous en apportent encore beaucoup d'autres. Mais qu'y pouvons-nous ? Ils sont puissants et il est inutile de lutter contre eux face à face. Il nous faut plutôt pénétrer leur puissance et ce sont nos enfants ou nos petits-enfants qui s'en empareront et ils les surpasseront. Moi, j'ai envoyé mes trois filles à l'école, mes filles qui devaient me seconder à la maison et au champ, et mes garçons sont allés au séminaire ou au groupe scolaire d'Astrida. Anonciata est allée à l'école, je ne crois pas que ce soit cela qui ait appelé sur elle le Malheur. Et d'ailleurs, si c'était cela, que pourrions-nous y faire ? »

Les matrones parurent quelque peu décontenancées par les avis divergents que chacune d'elles avait émis. Mukandori n'en finissait pas de bourrer sa pipe, Mukagatare faisait tinter ses médailles, Mukakigega bouchait ses narines de poudre de tabac, Mukagisabo était allée chercher une énième calebasse de bière de banane qu'elle s'apprêtait à faire passer à ses compagnes, quand, derrière le cercle des matrones, s'éleva la petite voix de Mukamuswi.

« Vous êtes toutes des femmes d'expérience et de grande sagesse et j'ai écouté vos paroles avec tout le respect que je vous dois. Mais si vous permettez... Je voudrais... Enfin si je peux... Vous connaissez bien sûr mieux que moi ce proverbe : "Ton père ne te veut que du bien pourtant le nom qu'il te donne peut être pour ton malheur." Peut-être ai-je été distraite, mais il me semble que je n'ai pas entendu le nom véritable d'Anonciata, celui que lui a donné son père, peut-être avez-vous eu peur de le prononcer. Moi, tant pis si la malédiction retombe sur moi ! je vais le prononcer : Nyirabyago, Celle-du-malheur.

« Savez-vous pourquoi un père peut donner un tel nom à sa fille ? Anonciata est-elle née dans un temps de grands malheurs ? La famine s'était-elle abattue sur le Rwanda ? Les vaches ne donnaient-elles plus de lait et Rusesabagina aux pis généreux qui était la favorite de Kamanzi venait-elle de périr ? Était-il désespéré de ne pas avoir de garçons ? Vous qui êtes la sagesse et la mémoire de notre colline, savez-vous pourquoi Kamanzi a donné ce nom de Malheur à sa propre fille ? »

Les matrones, stupéfaites de l'audace soudaine de celle qu'on méprisait un peu pour sa timidité, Mukamuswi, Le-petit-poussin, s'interrogèrent du regard. Mukakigega finit par prendre la parole :

« Comment savoir ? Qui peut dire ce qui se passe dans la tête d'un père quand on lui présente son nouveau-né ? Et il est dangereux pour nous toutes de raviver de tels souvenirs. Il y a des choses qu'il faut enterrer au plus profond de la terre, dans un trou de serpent comme pour les dents de lait des enfants nés sans père. Mais à présent, puisque l'histoire d'Anonciata et de son nom maudit, Mukamuswi l'a déterrée de son trou de serpent où toute la colline l'avait enfouie, il est inutile de la taire plus longtemps.

« Il y a ce que tout le monde sait et qu'il ne faut pas dire. Mariza, la femme de Kamanzi, était enceinte. On disait qu'elle était allée consulter les sages-femmes et les devins, surtout les devins. Ceux-ci lui avaient assuré que son ventre portait un garçon. C'est un garçon que, comme tous les pères, Kamanzi attendait. Et puis, comme on dit, la grossesse s'est égarée, elle a voyagé longtemps, longtemps, des lunes et des lunes, on a chuchoté qu'elle s'était égarée pour toujours mais, bien des mois après, on n'a pas compté, elle est revenue et Kamanzi, tout heureux, devait recevoir dans ses bras le garçon qu'on lui avait promis. Mais, quand on lui présenta le nouveau-né pour qu'il lui donne un nom, on ne put lui cacher que c'était une fille. Alors, à ce qu'on a raconté, ce fut plus fort que lui, il ne put retenir ce nom qui lui brisait la bouche : Nyirabyago, Celle-du-malheur. C'était trop tard, il avait prononcé le nom devant témoins. Vite, on alla faire baptiser le bébé pour essayer d'effacer le nom maudit. Le missionnaire lui attribua le nom d'Anonciata. La famille et toute la colline jurèrent de ne plus prononcer et d'oublier le mauvais nom que son père, malgré lui, lui avait donné. On fit semblant de l'oublier, de l'enfouir lui aussi dans un trou de serpent. Mais on ne peut abolir le nom que t'a donné ton père : ton nom, c'est ton destin.

— Hélas, gémit Mukagisabo, j'ai peur que Mukamuswi n'ait rappelé à notre mémoire et prononcé pour notre malheur le nom qu'un mauvais esprit avait soufflé à Kamanzi. Nous étions convenus de l'oublier mais il était toujours là : le destin est dans le nom. Nous ne pouvons rien pour Anonciata : le Malheur est dans son nom et nous ne pouvons que chercher à nous en préserver pour l'avenir de nos enfants. »

*

Le colloque des matrones ne changea donc rien à la réclusion que les habitants de la colline avaient imposée à Anonciata. Celle-ci n'allait plus à son champ. Elle se contentait de cultiver juste pour ne pas mourir de faim un petit jardinet derrière sa maison. Elle allait avant l'aube chercher son eau et les enfants qui allaient à la rivière la croisaient parfois et détournaient leurs regards.

Ce sont eux qui signalèrent un jour qu'ils ne l'avaient pas vue depuis quelques semaines. On remarqua aussi que son jardin paraissait abandonné. Était-elle morte ? Mukagisabo, vaguement honteuse, décida d'en avoir le cœur net. Elle réunit les matrones qui, après quelques réticences, se résolurent à l'accompagner. La maison d'Anonciata paraissait à l'abandon. La porte était fermée au cadenas. Il était tout rouillé. « Entrons », dit Mukagisabo. Elle n'eut pas de peine à forcer la porte branlante. Les matrones constatèrent avec un certain soulagement que l'unique pièce de la maison était vide. Anonciata avait disparu. Comment ? Où était-elle partie ? Personne n'avait été témoin de son départ. Mukamuswi versa quelques larmes. « À quoi bon pleurer, lui dit Mukakigega, elle a emporté le Malheur avec elle. »

On supposa que sa tante paternelle était venue discrètement la chercher, l'avait conduite par le sentier qui mène à la rivière et lui avait dit comme aux filles mères : « Traverse, en face c'est le Burundi, là-bas, on ne te connaît pas, ici, on t'oubliera. » On imagina même qu'elle avait essayé de rejoindre son mari dans les mines du Katanga et qu'elle s'était perdue dans l'immense forêt du Congo. Cette histoire plut à beaucoup et ce fut la version qu'on présentait à ceux qui posaient encore des questions indiscrètes.

La vie continua sur la colline et les malheurs coutumiers continuèrent à s'y abattre. Les enfants mouraient toujours en bas âge, la toux ensanglantée faisait périr même les plus vigoureux, la sécheresse provoquait la disette, les grandes pluies emportaient des pans entiers de la colline, l'agronome rognait peu à peu les bananeraies pour y planter son café, les missionnaires, le sous-chef, l'administrateur demandaient toujours plus de jours de travail pour construire leurs chapelles, leurs bureaux, leurs prisons. On avait oublié le nom maudit d'Anonciata. Mais, un jour, une rumeur parvint d'on ne sait où, enfla, envahit toute la colline : on avait vu Anonciata à Usumbura. Elle ne s'appelait plus Anonciata Nyirabyago. Elle s'était remariée. Elle avait quatre beaux enfants, des garçons. Elle en aurait d'autres. Le Malheur n'avait pas voulu la suivre au Burundi. Il était resté de ce côté de la rivière. Au Rwanda. C'était le Malheur de notre colline. Il fallait vivre avec notre Malheur.

NOTE À L'ATTENTION D'UN LECTEUR CURIEUX

Au Rwanda, il n'y a pas de nom de famille : le nom ne se transmet pas d'une génération à l'autre. C'est le père qui attribue un nom à chacun de ses enfants. Il le choisit en fonction des circonstances liées à la naissance : événements familiaux, villageois, nationaux, relations avec les voisins, position dans la fratrie, espérances ou déception à l'égard du nouveau-né.

Dans le Rwanda ancien, l'individu se définissait avant tout par son appartenance à un clan (on en comptait une quinzaine) et aux lignages qui le subdivisaient.

MUKA est un préfixe qui est le marqueur des noms féminins. Il est propre au Rwanda, on ne le trouve jamais au Burundi dont la langue est pourtant si proche de celle du Rwanda.

Il pourrait se traduire par « Femme de... », « Celle de... ».

Ce préfixe exprime que la femme n'acquiert de statut social qu'en tant que femme mariée et plus encore en tant que mère.

La signification des noms que j'ai donnés aux « matrones » de la nouvelle serait donc la suivante :

– Mukagisabo : Celle-de-la-baratte ; on lui souhaite un mari qui possédera beaucoup de vaches ;

– Mukandori : Ndori est un nom royal ; on lui souhaite un mari prestigieux ;

– Mukakigega : Celle-du-grenier ; c'est un nom qui augure l'abondance et la richesse ;

– Mukanyenyeri : Celle-des-étoiles ; c'est une destinée brillante que lui annonce son nom ;

– Mukagatare : celle-de-la-pureté ;

– Mukamugisha : Celle-qui-bénit ; c'est un nom qui porte chance ;

– Mukamuswi : Celle-du-poussin ; ce nom dépréciatif détournera l'attention du Malheur.

Un Pygmée à l'école

Dans la classe de Félicien, nous étions serrés à quatre ou cinq sur un même banc qui n'était apparemment prévu que pour deux. Heureusement, nous étions maigres, à l'exception de quelques filles aux postérieurs déjà avantageux à côté desquelles il fallait éviter de s'asseoir.

Pourtant, au fond de la classe, il y avait un élève qui occupait un banc et un pupitre à lui tout seul. Ce n'était pas par privilège, il n'était pas atteint non plus, je crois, d'une maladie contagieuse, mais personne n'aurait voulu s'asseoir à côté de lui au risque de le toucher, de le frôler, et Félicien lui-même veillait à ce que personne ne transgresse le cordon sanitaire qui isolait le garçon. Mais qui donc aurait osé s'asseoir aux côtés de Cyprien, le paria, l'igikorwa, Cyprien le Mutwa ?

Il était arrivé à l'école quelques jours après la rentrée. Ce matin-là, comme tous les autres matins, aux battements des trois tambours qui en donnaient le signal, nous nous apprêtions, bien en rangs, à gagner nos classes, quand nous avons vu entrer dans la cour le père Canoni suivi d'un garçon vêtu de l'uniforme des écoliers, chemisette et short kaki, des cahiers sous les aisselles. Aussitôt, Félicien et ses deux collègues, Alexis et Désiré, se précipitèrent en direction du missionnaire, nous laissant devant les classes où nous n'osions entrer sans leur permission.

Les trois moniteurs saluèrent longuement le missionnaire

et lui prodiguèrent des marques de respect comme on n'en réserve qu'aux plus hautes autorités. Il est vrai que le père Canoni, un Allemand à la carrure imposante, était très admiré et respecté de ses paroissiens tutsi qu'il n'hésitait pas à défendre, à la sortie de la messe, des agressions des jeunes militants du parti en faisant mine de les menacer de sa carabine, ce qui provoquait aussitôt la fuite éperdue de nos persécuteurs.

Une vive discussion dont nous ne pouvions saisir que des bribes s'engagea entre le père Canoni et les moniteurs. Le garçon qui l'accompagnait se tenait sans bouger à quelque distance derrière le missionnaire. « Mais je le reconnais, chuchota Speciosa, c'est Cyprien, le Mutwa, je passe chaque jour devant la maison de son père quand je vais à l'école. Je l'ai souvent aperçu, c'est un Mutwa. Un Mutwa ne va tout de même pas venir en classe avec nous ! » La nouvelle se propagea bientôt d'un bout à l'autre des rangées d'élèves : « Un Mutwa, un Mutwa à l'école, ce n'est pas possible ! »

La discussion entre le père Canoni et les moniteurs se prolongeait et devenait, malgré la retenue exigée par la politesse rwandaise, de plus en plus vive. Nous comprenions bien que nos maîtres refusaient obstinément d'accepter un Mutwa dans leur classe, il y allait de leur réputation et de leur honneur : les parents risquaient de refuser d'envoyer leurs enfants dans la classe où il y avait un Mutwa. Les Tutsi déplacés avaient subi bien des humiliations, ils n'étaient peut-être plus pour les Hutu que des cafards, mais ils n'étaient pas prêts à accepter que leurs enfants côtoient un Mutwa. D'ailleurs qu'est-ce qu'un Mutwa pourrait bien comprendre à ce que les maîtres enseignaient avec déjà tant de difficultés à leurs élèves ? Pouvait-on apprendre le français à un Mutwa ? Un Mutwa parlant français, pouvait-on imaginer ça ? Alexis, qui était le fils d'un grand chef du Nord et qui, dans son exil, avait conservé ses manières de grand seigneur, rompit le premier les négociations et se retira, visiblement indigné, dans sa classe, suivi par ses élèves. « Je n'allais tout de même pas risquer de faire périr le peu de vaches du troupeau que j'essaie de reconstituer », se justifia-t-il auprès de mon père. Désiré parut se confondre en excuses tout en s'esquivant discrètement après avoir fait signe à ses élèves de gagner leurs places.

La discussion continua encore quelque temps entre Félicien et le père Canoni, puis notre maître salua le missionnaire et revint vers nous : à notre grande stupeur, il était suivi de Cyprien le Mutwa.

« Attendez un instant, nous dit-il, j'installe un nouvel élève. »

Il lui désigna un pupitre au fond de la classe, débarrassa la table auprès de son bureau où s'entassaient des cahiers et des livres. Quand il nous donna l'ordre d'entrer, il s'adressa à Célestin, Côme et Damien : « Vous trois, votre place est là maintenant, à la petite table, c'est le meilleur endroit pour écouter la leçon, Cyprien ira à votre place. »

La présence de Cyprien le Mutwa dans notre classe nous valut les moqueries de tous les autres élèves de l'école de Nyamata. Et, dans le village, il n'y avait personne pour approuver la décision de Félicien : « Un Mutwa à l'école ! s'écria mon père quand je lui appris la nouvelle, les Batwa ne vont pas à l'école, ils font des pots et ils les vendent au marché. Qu'est-ce qu'ils feraient à l'école ? D'ailleurs comment iraient-ils à l'école, ils ne sont pas baptisés. Tu dis que ton Mutwa s'appelle Cyprien, ce ne peut pas être un Mutwa. »

Nous autres de la classe de Félicien, nous faisions tout ce qui était possible pour mettre Cyprien à l'écart. Personne ne lui adressait la parole et chacun s'arrangeait toujours pour le tenir à bonne distance. À midi, quand, entre copains et copines, on mettait en commun nos provisions, Cyprien mangeait seul. Durant la classe, Félicien l'ignorait. Jamais il ne l'invitait à participer à la leçon, jamais il ne lui posait de questions, jamais il ne l'appelait au tableau. Quand on distribuait le livre, *Matins d'Afrique*, Félicien bredouillait : « Il n'y a pas assez de livres pour tout le monde, je ne peux tout de même pas en donner un pour toi tout seul. » Et Cyprien écoutait la lecture que faisait le maître, puis celles, ânonnantes, des élèves sans jamais pouvoir jeter un œil sur une page.

Pourtant nous nous sommes vite rendu compte que Cyprien n'était pas un Mutwa comme les autres. Il ne correspondait en rien au portrait que Félicien nous avait dressé des Batwa d'après un livre qu'il avait lu, il y a bien longtemps, à Zaza, à l'école de formation des moniteurs. « Les Batwa, expliquait-il sentencieusement, les Blancs les appellent des Pygmées, ce sont les plus petits des hommes, autrefois, ils vivaient dans la grande forêt qui couvrait le Rwanda. Ils habitaient dans les arbres. Ils n'en descendaient que pour chasser ou pour piller les récoltes des cultivateurs ou razzier les troupeaux des éleveurs. » Félicien devait bien admettre que les Batwa du Rwanda, ou les Pygmées comme disaient les Européens, étaient depuis longtemps descendus de leurs arbres et que, même si certains sur les pentes des volcans pratiquaient encore la chasse, tous ceux que l'on connaissait ici étaient potiers et, ajoutait-il comme à regret, « en réfléchissant bien on ne peut quand même pas se passer de leurs pots, dans quoi mettrait-on la bière? ». Donc, concluait Félicien, dans un élan de mansuétude, il faut bien les supporter près de chez soi, mais il n'est pas question de partager quoi que ce soit avec eux ni même de les toucher car on ne peut être tout à fait sûr qu'ils soient vraiment des humains.

Cyprien, pourtant, ne ressemblait pas à ce que racontait Félicien ni d'ailleurs aux Batwa que l'on voyait au marché derrière leurs cruches et leurs marmites. Bien sûr, il n'était pas plus grand que le plus grand de la classe mais il n'était pas non plus plus petit que le plus petit. Et ce qui nous étonnait surtout, c'était son teint clair. Il nous semblait qu'un Mutwa qui vivait auprès de la grande fournaise où cuisaient les pots devait être plus noir que le diable des images du catéchisme. « On dirait un Muzungu, un Blanc », déclara Joséphine qui exagérait toujours. On remarqua aussi que son uniforme était toujours d'une propreté impeccable, d'une propreté à faire honte à beaucoup d'entre nous. « Ça ne durera pas, se rassura Emerita, comment un Mutwa qui traîne toujours dans les cendres et dans la boue pourrait-il conserver ses vêtements propres? » La prophétie d'Emerita ne se réalisa jamais. Celles qui étaient assez hardies pour s'approcher un peu de Cyprien constatèrent que son uniforme ne révélait jamais le moindre soupçon d'une tache.

Décidément, Cyprien n'était pas comme les autres Batwa et s'il y avait des nobles parmi eux, ce qui nous semblait très improbable, la famille de Cyprien en faisait certainement partie. On connaissait bien la maison où il habitait : ce n'était pas l'habituelle hutte rudimentaire et dépenaillée des Batwa, c'était une maison en brique, avec un toit de tuiles, pas bien grande sans doute, mais quand même une vraie maison d'évolué. On savait que son père avait un prénom chrétien, Jean-Baptiste, qu'il était considéré comme le chef des Batwa, si les Batwa pouvaient avoir des chefs, ou du moins comme leur porte-parole auprès du bourgmestre ou des missionnaires. Un Mutwa évolué et baptisé, c'était un mystère qu'on avait renoncé à éclaircir, sans doute une anomalie comme il en existe parfois dans la nature. Certains prétendaient même, mais on avait peine à les croire, que Jean-Baptiste, avant l'arrivée des Tutsi déplacés, avait été infirmier au dispensaire de Nyamata. On avait sans doute inventé cette histoire parce qu'il faisait le guérisseur, qu'il soignait les gens du pays, les Bagesera et même quelques Tutsi, surtout des femmes qui venaient le consulter en cachette.

Cyprien semblait indifférent à toutes les discriminations dont il était l'objet. On lui avait sans doute appris qu'au-delà de son village le monde pour les Batwa n'était qu'humiliation et mépris. Pendant la classe, il fixait le maître avec une attention si intense qu'elle lui faisait plisser le front et froncer les sourcils ; dans la cour, il jonglait seul avec sa petite balle en marmonnant à voix basse, tel le prêtre à la messe, les nouveaux mots français que nous avions à apprendre.

Mais avec Cyprien, nous n'étions pas au bout de nos surprises. Quand Félicien posait une question, tous les élèves, unanimes, levaient la main droite et claquaient des doigts en un assourdissant bruit de crécelle. Chacun implorait : « *Gewe, gewe, muhalimu !* Moi, moi, maître ! » La plupart ignoraient certainement la bonne réponse mais il semblait impertinent ou au moins imprudent de ne pas manifester son ardeur à répondre au maître. Un jour, je crois me souvenir que c'était peu avant le battement de tambours de la sortie, Félicien, exaspéré de ne pas avoir obtenu la réponse attendue, se lança dans une de ses diatribes habituelles : « Vos têtes ne seront toujours que des bidons percés et tout le savoir que j'y verse à longueur de leçons fuit aussitôt par les trous de vos crânes. » Et dans un accès de colère qu'il ne pouvait contenir, il ajouta : « Et peut-être que, pour votre honte, Cyprien, lui, serait capable de répondre. » Toute la classe se retourna vers Cyprien que désignait la baguette de Félicien. Nous nous apprêtions à éclater de rire quand Cyprien se leva calmement et donna la réponse tant espérée. Il y eut dans toute la classe un grand silence. La baguette de Félicien resta longtemps pointée immobile en direction de Cyprien puis le maître finit par balbutier : « Bien, Cyprien, c'est très bien, tu as bien répondu... »

Désormais Cyprien ne fut plus tout à fait mis à l'écart des leçons de Félicien. Quand la classe se révélait incapable de donner une réponse correcte, Cyprien était interrogé en dernier recours et il ne faisait de doute pour personne que c'était lui qui donnerait enfin la bonne réponse.

Le mystère de Cyprien suscitait bien des interrogations, surtout chez nous, les filles, toujours plus curieuses que les garçons. Quelques-unes, et j'avoue que j'en faisais partie, étaient bien décidées à lui adresser la parole et à le faire parler. Notre intérêt pour lui n'était pas très éloigné d'une certaine sympathie et son sourire perpétuel et discret semblait nous lancer une timide invitation, mais nous voulions surtout savoir comment un Mutwa avait pu être baptisé et admis à l'école, comment son père, si la rumeur disait vrai, avait pu se retrouver infirmier au dispensaire de Nyamata. Il était difficile de lui parler pendant les récréations sans déclencher un épouvantable scandale d'abord auprès de nos camarades puis auprès des maîtres et pour finir auprès de nos parents. Aussi Emerita, Speciosa et moi avions choisi de le suivre sur le chemin du retour de l'école. Le village des Batwa, une dizaine de petites huttes que dominait la maison en brique de Cyprien, se situait à l'écart de la rangée de cases identiques des déplacés tutsi. On ne rencontrait personne sur le sentier qui y menait. C'était l'endroit propice pour aborder Cyprien. L'approche ne fut pas facile : nous nous sommes d'abord contentées de le saluer, puis nous nous sommes aventurées à lui demander de l'aide pour un devoir qu'avait donné Félicien. Cyprien, après avoir essayé de nous fuir, avait fini par nous écouter sans rien nous répondre, il essayait sans doute de comprendre ce que signifiaient, ce que cachaient nos avances insolites : il se demandait sûrement quel piège nous cherchions à lui tendre pour le ridiculiser ou peut-être le faire renvoyer de l'école. Nous avons mis longtemps à obtenir sa confiance mais nous étions des filles obstinées et rien ne pouvait nous arrêter quand nous étions décidées à obtenir quelque chose. Peu à peu, nos échanges se rapprochèrent d'une conversation et, pour briser définitivement sa carapace de méfiance, Emerita qui n'avait peur de rien tenta un grand coup : elle avait subtilisé l'un des précieux volumes des *Matins d'Afrique* et le donna à Cyprien : « Tiens, lui dit-elle en lui tendant le livre, c'est pour toi, pour ce soir et toute la nuit si tu veux. Mais redonne-le-moi sans faute demain matin, il faut que je le remette à sa place sans que Félicien s'en aperçoive. » Cyprien prit le livre comme stupéfait, ébloui par la page qu'il découvrait et qu'il se mit à lire à haute voix. Il possédait pour lui seul, ne serait-ce qu'une nuit, le livre que Félicien lui avait toujours refusé.

Grâce à *Matins d'Afrique*, nous avions fait la conquête de Cyprien et, de notre côté, notre audace à briser les tabous ne connaissait pas de bornes. Nous n'hésitions plus à partager avec lui, un Mutwa ! les maigres portions de haricots ou de patates douces que contenaient nos petits paniers. Pour cela, quand nous pouvions le faire sans attirer l'attention, nous franchissions par une brèche le mur qui séparait la cour de l'école du verger de la mission et nous nous installions sous les papayers et les avocatiers pour un pique-nique interdit.

C'était à présent lui qui parlait le premier et il parlait, il parlait... comme si tant de mots jusque-là retenus se bousculaient pour s'énoncer au grand jour. Il semblait s'étonner parfois du flot de paroles qui sortait de sa bouche et son regard, redevenu un instant inquiet, implorait le pardon d'une telle incontinence. Nous, bien sûr, nous l'encouragions à continuer car il parlait, comme nous l'avions souhaité, de lui-même, de son père, de ses ancêtres. Nous tenions de sa bouche même la véridique histoire de Cyprien le Mutwa.

L'histoire de Cyprien commençait, il y a bien longtemps, à la cour du mwami, à Nyanza. Il y avait toujours eu des Batwa à la cour des rois. Les uns occupaient d'humbles fonctions comme celle de porteur de la litière du roi ou des reines et des princes. D'autres étaient bourreaux, ils exécutaient, avec la cruauté nécessaire, les sentences du mwami qui avait droit de vie et de mort sur tous ses sujets. On les craignait par-dessus tout car ils montraient beaucoup d'ingéniosité en matière de supplices et leur connaissance approfondie des poisons pouvait provoquer des morts plus discrètes. Mais ceux qui occupaient un rang élevé et envié, c'étaient les danseurs. Les intore, ces jeunes gens de bonne famille qui faisaient leur service à la Cour, n'avaient pas d'autres maîtres à danser et le maître des maîtres, affirmait avec fierté Cyprien, c'était son grand-père. Il était l'un des favoris du mwami. Le père de Cyprien était né à la Cour. À l'âge de quatre ans, il était devenu le compagnon de jeu d'un des fils du roi qui avait quelques années de plus que lui. Compagnon de jeu... mieux vaudrait dire le jouet du prince, le petit bouffon qui l'amusait de ses facéties naïves et qu'il tourmentait de ses caprices. Il lui était attaché comme le petit Européen à sa peluche.

Quand le prince dut, comme le voulaient les Blancs, aller à l'école des fils de chefs de Nyanza, il voulut emmener avec lui son jouet favori. Ce n'était évidemment pas possible. Le petit Mutwa restait donc à la porte de la classe et écoutait la leçon de l'instituteur avec sans doute plus d'attention que son maître qui ne comprenait pas bien à quoi pourraient lui servir ces histoires de Blancs, lui qui possédait déjà tant de vaches et était destiné, de par sa naissance, à gouverner de grandes provinces. Pour amuser ses compagnons, il demandait à son bouffon d'imiter les leçons que donnait le Belge responsable de l'école. Toute la petite cour qui entourait déjà le prince éclatait de rire et le Mutwa était récompensé d'un cruchon de bière.

Sebukono, Celui-des-pots — c'était le nom que lui avait donné son père, le danseur, peut-être pour lui rappeler la condition première d'un Mutwa —, devait avoir dix ans quand prit fin son rôle d'amuse-prince. Peut-être le fils du mwami devenu adolescent s'était-il lassé de son jouet qui, de son côté, avait eu le tort de grandir ou peut-être, selon une autre version donnée par Cyprien, était-il mort de la méningite qui, à cette époque, faisait des ravages, même parmi les enfants du roi. Sebukono, malgré les coups de bâton de son père qui voulait enfin lui apprendre à danser, n'en continua pas moins, dès qu'il le pouvait, à venir s'asseoir devant la porte de la classe. Cela finit par attirer l'attention de l'instituteur belge qui, un jour, ayant attrapé le petit Mutwa avant qu'il ne réussisse à s'enfuir comme il le faisait habituellement, lui demanda en mauvais swahili pourquoi il restait assis devant sa classe et eut la stupéfaction d'entendre Sebukono lui répondre en bon français et se mettre à répéter très exactement la leçon qu'il venait de donner à ses élèves. L'ardeur naïve du petit Mutwa à s'instruire toucha l'instituteur. Comme il ne pouvait décemment l'introduire dans sa classe, il le confia aux Pères de Kabgayi, la résidence du vicaire apostolique, qui complétèrent son instruction en lui apprenant à lire et à écrire. Ils le baptisèrent et, s'imaginant sans doute que, grâce à ce Mutwa prodige, ils n'allaient pas tarder à convertir tous les autres, ils lui donnèrent le nom de Jean-Baptiste, le précurseur.

Cyprien ignorait comment son père était devenu infirmier mais, sans doute parce qu'on n'avait pas oublié qui il était, on l'envoya bien loin, au Bugesera, en disant qu'il n'y avait qu'un Mutwa pour faire peur à la mouche tsé-tsé. La maladie du sommeil ne voulut pas de lui et ses collègues du dispensaire non plus. Alors il s'établit guérisseur et se mit à soigner les Bagesera non seulement avec les rudiments de médecine qu'on lui avait appris mais surtout avec les herbes, les racines, les champignons dont sa mère connaissait les vertus. Cependant, quand le cas lui paraissait trop grave, il n'hésitait pas à diriger le malade vers le dispensaire. Jean-Baptiste prit femme chez les Batwa de Nyamata. Il eut cinq filles et un garçon. Le garçon, bien sûr, c'était Cyprien, le cadet. Il voulut en faire un Mutwa « évolué », comme lui. Il emmena son fils chez le père Canoni : « Je m'appelle Jean-Baptiste, lui dit-il, tu vois bien que je suis un Mutwa et pourtant j'ai été baptisé : tu n'as qu'à lire mon certificat. Je veux que tu baptises mon fils unique, les filles, ce n'est pas la peine. » Le père Canoni ne pouvait pas refuser de baptiser l'enfant d'un Mutwa chrétien, il baptisa le fils de Jean-Baptiste et lui donna le nom de Cyprien.

Jean-Baptiste savait bien que son fils ne serait jamais admis à l'école, aussi entreprit-il de lui apprendre à lire et à écrire. Il reçut dans cette tâche le soutien actif du père Canoni qui fondait de grands espoirs sur cette famille de Batwa chrétiens, au moins en ce qui concernait les hommes. Le missionnaire établit donc le programme d'études pour Cyprien et contrôlait régulièrement ses progrès. Il l'encourageait et pour le récompenser lui apportait parfois un livre que Cyprien devait lire en un temps déterminé et lui résumer en français à sa prochaine visite. Cyprien avait hérité de la mémoire de son père et était capable de réciter sans hésiter des pages entières du livre qu'il avait lu.

Quand Cyprien eut douze ans, le père Canoni dit à Jean-Baptiste : « Ton fils est bien meilleur que tous ceux qui viennent au catéchisme. Si c'était possible, je le ferais entrer au petit séminaire et, peut-être, j'aurais la joie d'avoir donné à Dieu et à l'Église leur premier prêtre mutwa... ! Mais pour cela, il faut qu'il ait l'examen national. Un Mutwa au séminaire, c'est déjà un scandale mais, en plus, s'il n'a pas l'examen national ! Les autorités jusqu'aux ministres pousseraient des hauts cris ! Même Monseigneur n'y pourrait rien. Alors voilà ce que je propose : Cyprien va aller à l'école dans la classe de dernière année pour passer l'examen national. Il est tout à fait capable de réussir ; d'ailleurs, j'y veillerai. J'irai le présenter moi-même aux moniteurs. Crois-tu qu'ils ont quelque chose à me refuser ? »

Jean-Baptiste rejeta énergiquement la proposition du père Canoni :

« Padre, tu veux envoyer mon fils en enfer. Tu n'ignores pas que nous autres, les Batwa, on ne nous ne traite pas comme des humains. D'abord, les moniteurs ne voudront jamais d'un Mutwa à l'école et, même s'ils acceptaient Cyprien, comment mon pauvre garçon pourrait-il supporter ce qu'on lui ferait subir, et le maître et les élèves. Non, mon père, Cyprien n'ira pas à l'école.

— Et toi, Cyprien, qu'en dis-tu ?

— Père, j'irai à l'école. »

Pendant toute l'année scolaire, Emerita, Speciosa et moi, nous avons été les seules à parler avec Cyprien. Nous étions presque devenues ses amies. Des amies aussi discrètes que possible, à la fois honteuses et excitées de notre audace. Emerita allait jusqu'à le trouver beau, et nous nous moquions d'elle : un Mutwa pouvait-il être beau ? Nous l'ignorions comme les autres dans la classe et la cour de l'école. Nous ne lui parlions que lors de nos déjeuners clandestins dans le verger de la mission et sur le sentier du village des Batwa, nous écartant de lui dès que nous y apercevions quelqu'un.

Le jour de l'examen national, Cyprien se présenta comme les autres. Alexis fit l'appel de ceux qui étaient autorisés à passer l'examen. On n'entendit pas le nom de Cyprien. Le père Canoni se précipita vers le moniteur et protesta violemment. Mais avec l'appui du bourgmestre qui veillait au bon déroulement de l'examen sur lequel les familles fondaient tant d'espérances, les trois moniteurs refusèrent catégoriquement à Cyprien l'entrée de la classe où se déroulaient les épreuves. Cyprien et son père repartirent sans dire un mot vers le village des Batwa, laissant le père Canoni à ses vaines négociations.

Je détournai le regard pour ne pas croiser celui de Cyprien que j'imaginais lourd de reproches et de désespoir; je crois que Speciosa et surtout Emerita essuyèrent quelques larmes furtives...

Deux jours plus tard, on apprit que Jean-Baptiste et sa famille avaient abandonné la petite maison en brique. Le bruit courut qu'ils étaient partis en Tanzanie ou en Ouganda, on ne savait pas trop. On n'entendit plus parler de Cyprien, le Mutwa qui était allé à l'école.

*

J'ai reçu, il y a quelques jours, une lettre de mon frère. Il est médecin. Il venait de participer à Nairobi à un colloque sur le sida. On lui a présenté un confrère qui exerce dans la capitale du Kenya où il jouit d'une grande réputation. Il s'est présenté sous le nom de Cyprian Potter. Il était de taille moyenne, de teint clair, élégamment vêtu. Il a engagé la conversation en français. Mon frère a cru reconnaître dans ce spécialiste reconnu du sida le petit Mutwa de l'école de Nyamata. Il a glissé, pour le tester, quelques proverbes en kinyarwanda. L'éminent professeur a eu l'air surpris et a fait semblant de ne pas comprendre. Mais il s'est brusquement interrompu : « Veuillez m'excuser, on m'attend pour la conférence... »

La rivière Rukarara 9
Le bois de la croix 33
Titicarabi 63
La vache du roi Musinga 73
Le Malheur 101
Un Pygmée à l'école 125

DANS LA MÊME COLLECTION

José Eduardo AGUALUSA
La saison des fous

Kangni ALEM
Un rêve d'Albatros

Théo ANANISSOH
Lisahohé
Un reptile par habitant
Ténèbres à midi

Nathacha APPANAH
Les rochers de Poudre d'Or
Blue Bay Palace
La noce d'Anna

Mariama BARRY
Le cœur n'est pas un genou que l'on plie

Pascal BÉJANNIN
Mammo

BESSORA
Cueillez-moi jolis Messieurs...
Et si Dieu me demande, dites-Lui que je dors

Mongo BETI
Le Rebelle I
Le Rebelle II
Le Rebelle III

Florent COUAO-ZOTTI
Poulet-bicyclette et Cie

Jacques DALODÉ
Très bonnes nouvelles du Bénin

Ananda DEVI
Pagli

Soupir
Le long désir
La vie de Joséphin le fou

Aly DIALLO
La révolte du Kòmò

Ousmane DIARRA
Vieux Lézard
Pagne de femme

Eugène ÉBODÉ
La transmission
La divine colère
Silikani
Métisse palissade
La Rose dans le bus jaune

EDEM
Port Mélo

Gaston-Paul EFFA
Le cri que tu pousses ne réveillera personne

Libar M. FOFANA
Le fils de l'arbre
N'körö
Le cri des feuilles qui meurent
Le diable dévot
L'étrange rêve d'une femme inachevée

Mambou Aimée GNALI
Bèto na Bèto. Le poids de la tribu

Emmanuel GOUJON
Depuis le 11 septembre

Sylvie KANDÉ
Lagon, lagunes
La quête infinie de l'autre rive

Fabienne KANOR
D'eaux douces
Humus
Les chiens ne font pas des chats
Anticorps

Edem KODJO
Lettre ouverte à l'Afrique cinquantenaire

Koffi KWAHULÉ
Babyface
Monsieur Ki Rhapsodie parisienne à sourire pour caresser le temps

Henri LOPES
Ma grand-mère bantoue et mes ancêtres les Gaulois
Une enfant de Poto-Poto

Antoine MATHA
Épitaphe

Justine MINTSA
Histoire d'Awu

Boniface MONGO-MBOUSSA
Désir d'Afrique
L'indocilité Supplément au Désir d'Afrique

Scholastique MUKASONGA
Inyenzi ou les Cafards
La femme aux pieds nus
L'Iguifou Nouvelles rwandaises
Notre-Dame du Nil
Ce que murmurent les collines

Tidiane N'DIAYE
Les Falachas, Nègres errants du peuple juif
Le génocide voilé
Par-delà les ténèbres blanches
Le jaune et le noir

Donato NDONGO
Les ténèbres de ta mémoire

Mamadou Mahmoud N'DONGO
La géométrie des variables
Mood Indigo
Remington
Les corps intermédiaires

Patrice NGANANG
L'invention du beau regard

Frédéric OHLEN
Quintet

Jean-François SAMLONG
Une guillotine dans un train de nuit
En eaux troubles

Arnold SÈNOU
Ainsi va l'hattéria

Amal SEWTOHUL
Histoire d'Ashok et d'autres personnages de moindre importance
Les voyages et aventures de Sanjay, explorateur mauricien des Anciens Mondes
Made in Mauritius

Sami TCHAK
Place des Fêtes
Hermina
La fête des masques

Amos TUTUOLA
L'ivrogne dans la brousse

Tchicaya U TAM'SI
J'étais nu pour le premier baiser de ma mère

Abdourahman A. WABERI
Rift Routes Rails
Transit

*Ouvrage composé
par CMB Graphic.
Achevé d'imprimer
sur Roto-Page
par l'Imprimerie Floch
à Mayenne, le 13 mars 2014.
Dépôt légal : mars 2014.
Numéro d'imprimeur : 86602.*

ISBN 978-2-07-014538-6 / Imprimé en France.

265819